マイ・ペース

つれづれノート㊷

銀色夏生

角川文庫
23374

マイ・ペース　つれづれノート㊷

2022年2月1日(火)
〜
2022年7月31日(日)

2月

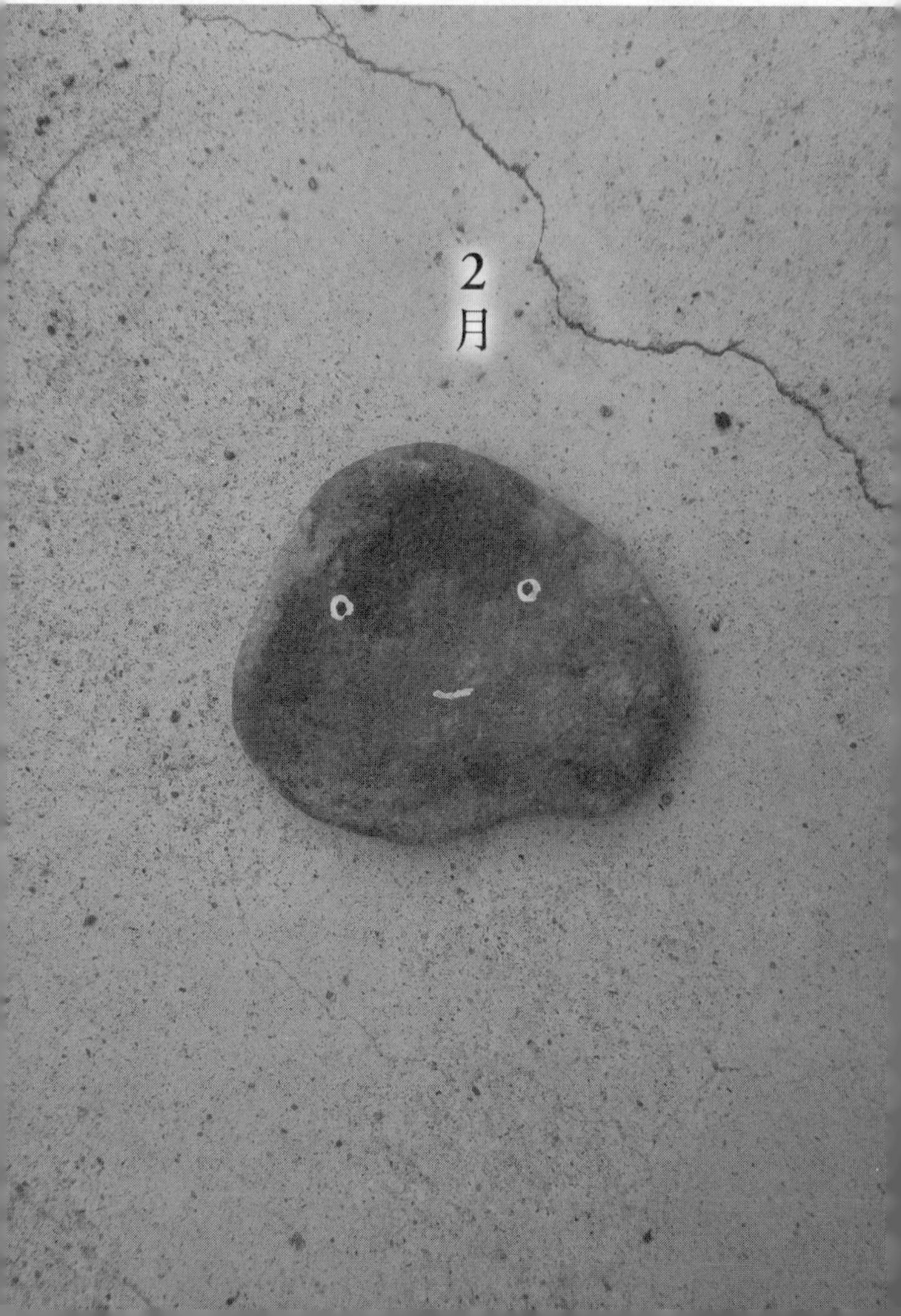

2022年2月1日（火）

今日から2月が始まる。なんとなく心機一転したような、一年の始まりのようなすがすがしい気持ちがする。

いつもの畑の見回り。強く霜が降りている。そら豆の葉が黒くなっている。えんどう豆はまだ緑色だ。ザクザクと畝間をひとまわりする。

家に戻ったらあのミステリー水鉢に氷が張っていた。むむ…と思い、そっと近づく。氷をコンコンと叩《たた》く。けっこう硬い。石を拾ってガツガツと割る。氷の厚さは5ミリくらい。あの時よりちょっと厚い。割れたカケラをミステリーの時と同じように地面に置いた。写真を撮る。撮ってみてもわからない。わからないけど何かしないではいられなかった。

雨が降ってきたのでいそいで洗濯物を室内に取り込む。外側が少し濡《ぬ》れてしまった。

午後、ズームで打ち合わせ。幻冬舎《げんとうしゃ》から出るひとりごはんの本。手書きのキャプションの入れ方や今後の進行予定など。終わって少々雑談。周囲でもコロナの陽性者が増えているそう。

夕方、温泉に行ったら、やはりお客さんは少ない。今日から小さい方のサウナだ。温度が高い。チンチンと鉄が熱せられるような音がする。蒸し鶏《どり》になりそう。

豚の丸焼きかな…。

2月2日（水）

今日も寒くて霜が降りている。

ミステリー水鉢にも氷が。今日も割ってみる。昨日よりも薄いので手で割れた。あの日と同じぐらいの厚さだ。4ミリぐらい。思わず手で氷をすくって、地面にまたあの日のように置いてみる。写真を撮る。こんなことをしてもどうしようもないのに。氷水にひたした指がキーンと冷たくなった。

昼間は仕事をして、夕方温泉へ。

人の少ない温泉にゆげがもわもわといい感じ。

夜も昼間の続きの作業。テーブルの上に置いたフルーツ発酵ジュースを仕込んでいるガラスのピッチャーを見ると、うん？　なんだろうあれは。フチに黒い何かが。近づいて見ると黒カビだった。黒カビが20個ぐらい点々と…。きゃあ〜。すぐにアルコールで拭《ふ》いて、中身を取り出す。果物と果汁を分けて、果物は捨てて、果汁はガラスの容器に移して冷蔵庫にしまう。ちょっと舐《な》めてみたら、うーん、微妙な感じ。大丈夫かな。

2月3日（木）

朝からバタバタ。

昨夜、税務署に出すべき書類を出していなかったことに気づき、朝イチで税務署に行こうと準備する。

あーあ。失敗した。来年払う税金が増えてしまう。

マイナンバーカードが見つからず、パニック。あちこち探して、最初に印鑑を入れたきんちゃく袋から出てきた時はホッとした。

去年の書類を調べていたら、出していなかったと思っていた書類を去年の春に出していたことがわかった。コピーがあってわかった。よかった〜。

心底、うれしかった。書類関係は要注意。


昼間は順位戦を見ながらコタツで仕事。

ほしかった作業用の長靴が届いた。うれしくて夜、家の中で何度も履いてはクルリと室内を回る。脱いでは置いて、目に入っては履いて、履いては歩いて、を何度も繰り返す。

2月4日（金）

午後、暖かくなったので外に出て、ついにチェーンソーを使ってみることにした。なかなか使い始める勇気がなかったのです。

さくらんぼの木の枝を切ってみる。慎重に。耐振手袋もつけて準備万端。緊張する。すると簡単に切ることができた。刃が小さいのであまり恐怖感もない。というか、小さすぎたかもしれない。刃の長さが10センチほど。もうひとまわり大きいのでもよかったかなって思うぐらいだ。

さくらんぼの木をいくつかに切り分けて、満足して棚に仕舞う。剪定《せんてい》の時に重宝しそう。

おとといの黒カビのジュースをどうしよう…と思い、思い切って炭酸で割って飲んでみたら結構おいしかった。大丈夫かも。

先日こんにゃくが余ったので小さく切って冷凍しといた。それを解凍したらガシガシとした食感になっていた。どうにか料理に使えないかなと考えて、牛肉と炒《いた》めてすき焼き風の味付けにしたら、わりとおいしかった。佃煮《つくだに》みたいな感じで。

温泉でサウナに入っていたら、よくいるおばちゃんとおばちゃんがサウナの使い方について軽くいさかいをおこしていた。緊張感が走る。

私と水玉さんは静かに傍観した。

脱衣所で水玉さんが「あの二人は似ているのよ」と教えてくれた。帰りがけ、「またね〜」といつもよりも親しい気持ちで別れる。

人々のいさかいに遭遇すると心が波立つが、やさしさも喚起される。

夜。北京オリンピックの開会式を見る。選手の入場が長くてうたた寝してしまった。特にこれといった感慨はなかった。冬季オリンピックは好きなので楽しみ。

明日からまた寒くなるそう。

2月5日（土）

カーカが先月、「これすごい、すぐ見て」とラインで動画を送ってきた。「令和の虎」のリライブシャツの回だった。そのシャツを着ると磁気の作用で筋肉がよく動いて、介護する時に人を軽く起き上がらせることができたり、柔軟性が上がったり、夜中にトイレに起きなくなったりなど、さまざまないい効果があるのだとか。

動画をじっくり見て、「まずはママが買って、よかったら家族全員に買うわ」と答える。そしてすぐに予約注文した。

そのリライブシャツとパンツが昨日、届いた。さっそく着てみた。

うーん。どうだろう。柔軟性が変わるというが。うーん。よくわからない。

で、それを着て一晩寝てみる。

朝起きて、顔を洗う。いつもなら洗面台に身をかがめた時に腰がちょっと痛いのだけど、それがあまり痛くなかった…気がする。あれ？と思う。シャツのことは忘れてたのに。それになんだか暖かい。うーん。明日、兄のセッセに手伝ってもらって動きの実験をやってみよう。

今日は寒い。外を見ると雪がちらついている。畑に行くと霜は降りていなかったけど近くの山に雪がうっすら。

なんとなく陽が射してきたので剪定をしよう。ずっとやりたかった西洋ニンジンボク。あの長靴を履いて、ミニチェーンソーを持ち出す。

大きな雲のように伸び広がった木。大きな立ち枝をまず切らないといけない。頑張っていくつもの枝を切り落とす。かなりすっきりとなった。枝を枝置き場に運ぶ。

次に、刺《とげ》のある木を剪定する。最近買ったバラ用の革の手袋をつける。肘《ひじ》まで広く覆うタイプ。刺のあるメギとバラ。気をつけても時々刺が手袋以外のところを刺す。

イテッ！

ガレージ前に広がってる枯れたヒメツルソバも切る。


午後、また雪がチラホラ。

スーパーに買い物に行こう。今夜、畑の水菜を使いたいのでしゃぶしゃぶ用豚肉を。魚のコーナーに「宮崎を食べる 地の魚」というのでからす貝があった。小さなムール貝みたいなの。「宮崎を食べる」を見るとついつい「食べる」と応《こた》えてしまう。

家に帰って調べたら、からす貝はやはりムール貝と同じ仲間のようだった。酒蒸しにしてみよう。大きさはごく小さいのだけど。

食べました。あまりにも小さくて食べるところはわずかだった。これは汁もののダシなどにいいのかも。

2月6日（日）

今朝はシャツを着ていなかったけど、朝、腰も痛くなかった。

セッセと母しげちゃんが来たので、リライブシャツの実験を行う。手を押したり体を持ち上げたり、6つの実験を順に検証。結果は…、うーん、よくわからない。セッセはこういうものの効果をまったく信じていないので最初から懐疑的だった。むむ。まあ。もうすこし様子を見てみよう。

仕事に使うボールペンを買いに行ったらほしかった極細がなかったので、家に戻ってオリンピックのスノボを見ながらネットで注文した。

午後。温泉に行く前に時間があったので、さくらんぼの枝を5本、紐《ひも》で誘引する。さくらんぼを採りやすいように地面に枝を近づけた。

温泉に行く。最初のひと浴びが最高に気持ちいい。冷えていた身体がじんわりと温まる感じが。

サウナに入ったらおとといいさかいを起こした方が来た。そのことについて説明していた。水玉さんが聞いてあげてた。私もその会話にちょっとだけ参加した。

出て、脱衣所に行ったら、もうひとりの方が来た。こちらもあのことについて水玉さんにちょっと話していた。

外に出て、水玉さんと別れ際、「今日、あのふたりは軽く挨拶《あいさつ》して、それでわだかまりも解けるかもね」と言い合う。

前に買っておいた冷凍黒トリュフを解凍してスライスして、牛肉と一緒に焼いて食べる。贅沢《ぜいたく》にたっぷり使った。黒くてコリコリしていて独特のいい香り。

夜は、女子モーグルを見る。

2月7日（月）

寒い日。

確定申告の書類を書く。コリコリ。

そして気づいた。去年までの6年間、申告書の記入場所を間違えていた。そのせいで税金を多く支払っていた。ガックリ。またかって感じだ。

昼間はずっと書類書き。


夕方、温泉へ。今日もコロナの影響なのかお客さんは少ない。

サウナで寝転んで、水玉さんと酵素ジュースや庭の木の剪定、これから出てくるおいしい果物、最近鳥が多いこと、畑のもぐらのことなどをとりとめもなくしゃべる。

夜はスキージャンプ団体を見た。

2月8日（火）

夜から雨が降っていた。

ずっとパラパラ音がしていた。

お昼前に歯医者へ。これからフィギュアスケートの男子ショートプログラムがあるので見逃さないかヒヤヒヤする。羽生《はにゅう》選手は何時にすべるのだろう。

あ、予定時間が出てる。13時19分。間に合うかも。

歯医者で治療の椅子に座っている時、先生が看護師さんに注意している声が聞こえた。「きれいな仕事をしなさい。汚い仕事は嫌いです。生活が仕事に出るんですよ」なんて言ってる。なにか道具の準備に関することみたいだった。先生は自分にも厳しいかもしれないけど、人にも超厳しい。でもそれだけ信頼できる…気がする。

こんなふうに私は人を注意できない。グッと言葉が詰まってしまって。だから私は人を育てることができないんだよなあと思った。

マウスピースの型どりだけなので今日は早く終わった。

帰りに4つのお店を急いで順番に回って、それぞれで用事を済ませる。

家に帰ってお昼ご飯を作る。さっき買った生エビフライを揚げよう。天ぷら用のザル、ザル…とザルを探したけど見当たらない。

うん？　なぜだ？

あ！

しまった！

バタバタと外に飛び出す。

そして階段の、干し柿を入れたザルを持ち上げる。

ああ〜。忘れてた。いつからだっけ。おとといか、その前か。干し柿を4つザルに入れて干していて、そのままだった。雨でふやけて柔らかくなってる…。ガックリ。

エビフライを揚げて、フイギュアスケートを見ながら食べる。羽生くんは不運なアクシデントでジャンプにミスが。宇野《うの》昌磨《しょうま》と鍵山《かぎやま》くんはのびのびとした演技。ネイサン・チェンを見ているとなぜかトイ・ストーリーを思い出す。

2月9日（水）

どこかで買った「珈琲《コーヒー》かりんとう」というのがおいしかったのでまた買いたいのに、どこで買ったか思い出せない。よく行く店、4軒を回ってみたけどどこにもない。2

回ずつ見たのに。こうなるとどうしてもまた見つけたい。

でも、前に手作りわらび餅《もち》（250円）がとてもおいしかったのでまた買って食べたら最初ほどの感動はなかった。それで、たとえおいしいと思っても頻繁に何度も食べると飽きてしまうと思った。なので、おいしいものに出会ったらその出会いに感謝しつつ、またすぐに買うのでなく、いつかまた買おう、と思うことにした。なのでかりんとうも次の遭遇を楽しみに待つ。


確定申告の書類を書き終えた。

会計ソフトを新しくすることにしたのでいろいろ調べて、freeeというのにすることにした。ひと月無料で試せるのでさっそく使い始める。

そして今まで使っていた会計ソフトがどんなにか使いづらく、古かったかがわかった。パソコン画面の中央に13センチ×17センチの大きさの枠が開き、その中でごくごく小さい文字で処理しなければならず、項目も限定的でとても大変だった。

よくあんなのを使っていたなあと思うけど、それは今だからわかること。

そういうことは人生に他にもたくさんあるんだろうなと思う。でもそれがわかるのはそこから抜け出た瞬間で、それまではわからない。わからないまま一生すごすことも多いのだろう。

さて、freeeだが、私は会計処理をできるだけシンプルにしようと今まで試みてきて、毎月やっていた作業は主に銀行、クレジットカード、現金で買った領収書、の入力だった。freeeではそのうち銀行とクレジットカードが自動で登録される。ということは、ものすごく便利だ。

ヤッター！

と、思った。今後、ますますシンプルにしたい。現金の領収書はもう極力なくす方向で。

一日中、コタツで作業していたらあっというまに夕方になって温泉に行く時間だ。

今日は途中、橋の向こうの小さな商店に寄ってみよう。そこでたまにいいものが売ってると聞いた。

行ってみると、お客さんはだれもいなくて、いいものも特になかった。夕食用のおかずをふたつ買った。息子さんなのか元気な若い青年がはつらつと声をかけてくれた。うれしくなって私も答える。一生懸命さが伝わってくる。たまに買いに来ようかなと思った。

2月10日（木）

フィギュアスケート男子フリーの日。うっすらずっと気になっていた。羽生くんがどんな滑りを見せるか。その前に買い物に行って、明日からの王将戦でまた家に籠《こも》るので、食料を買いだめしなくては。

畑に行く。ふむふむと見て回っていたら、遠くから子供たちの声。保育園児の散歩だ！　逃げろ！

見つかったらいろいろ質問される。かわいく。すると答えなくてはいけない。

買い物に行ってきました。

そして始まった。4回転半は転倒してしまったけど公式に世界初に認定されたことはよかったなあと思った。鍵山優真《ゆうま》くんは小さな豆が白い皿の中で飛び回ってるようなかわいらしさ。指先まで一生懸命に伸ばしているのもほほえましい。

とにかく終わってホッとした。

また畑に行ってしみじみと野菜を眺める。

去年の11月にもらった山茶花《さざんか》の剪定《せんてい》枝。外の手洗い場でボウルに水を張ってさしていたら花が咲いた。今もまだ赤いつぼみが膨らんでいる。そこに先日剪定したブルーベリーの枝を追加したら、これにも花が咲いていた。枝って、花って、すごい。

夜。イカの煮つけを作ったらすごく硬くなった。くやしい。柔らかいイカの煮つけはどうやって作るのだろう。調べてみた。「水を入れない。煮る時間は3分」。また挑戦しよう。

2月11日（金）

王将戦第4局。

始まる前にサッと、じゃがいもの種イモと鳥よけの銀のテープを買いに行く。

この季節、たぶんムクドリだと思うが近くの校庭のセンダンの実を採ってきてうちのネムの木の枝にとまって食べて種をペンペン捨てるのだ。その種が地面や石にたくさん落ちて汚くなっている。

これをどうにか止めるには…と考えて、田んぼなどでよく見かける銀色のテープを木の枝に渡してみようか、と思いついた。なのでホームセンターへと急いだ。

あったあった。いくつかの種類がある。目玉のボールやカラスの模型もあった。でも、こんなのを庭に飾りたくない。金と銀のストライプのを買った。

家に帰ってすぐに簡単に取り付けてみる。木の枝とバルコニーの手すりを使って。よく光ってる。

将棋を見ながらオリンピックのスノーボードを見る。平野《ひらの》歩夢《あゆむ》選手が金を取った。すごい。思わず拍手。平野選手の顔や話し方、落ち着いていて好き。媚《こ》びないところ

も。

金銀テープの効果か。

さっきまでうるさかった鳥の声がピタリと止まった。外に出て見る。鳥がいない…、いや、いた。いるじゃん。効果はあるのか。さて、どうなるか。

お昼は玉子かけご飯とお刺身の醬油漬《しょうゆづ》け。この漬けがあるのをすっかり忘れていた。いつのだっけ。昨日か。真鯛《まだい》とサーモンのお刺身の残り。サーモンがおいしい。

途中、カーリングも見たりして、ウトウトして、あっという間に夕方。

もうすぐ封じ手。今日も終わる。

2月12日（土）

王将戦とオリンピックを同時に見る盛りだくさんの日。

将棋のあいまにサッと畑の草むしりに行く。1時間ほどで帰ってきたらまだ1手も進んでいなくて渡辺《わたなべ》王将が考え込んでいた。考えどころの局面だったよう。

そして夜、藤井《ふじい》5冠誕生。4連勝で。

2月13日（日）

藤井5冠の記者会見を見た。

空気でふくらませたビニールの苺《いちご》のケーキに5という数字がのっていて、それを指さすように指示されて、左右、中央、後方、と順番にたくさんのカメラに撮られていた。そのあいだずっと5を指さしていた藤井5冠。

こんなことをさせられて…と思ったけど、最後のおじぎはいつものように長々と深く。そのおじぎで、さっきの指さしで私が感じたものが消えたように感じた。そういうところもすごい。世間の穢《けが》れ（失礼！）を巫女《みこ》さんの持つ大麻《おおぬさ》でサッと払ったようだった。

今日は木工アトリエに、前にお願いしていた座高52センチの椅子の製作に行く。ひとつはすでに作ってあって、もうひとつは紐《ひも》を巻くだけになっている。やり方を教えてもらいながら私が巻くのだ。麻と何かでできた細い紐をウェグナーのYチェアのように巻きつけていく。けっこう力が必要で、汗が出た。

いろいろ話しながら作るのはとても楽しかった。終わって、コーヒーをいただきながら木や山の話をする。帰りがけ、前からほしかった木の座布団と四角い入れ物を購入した。

ふたたびイカを買って煮つけリベンジ。今度は柔らかくできた。肝も入れるといいと書いてあったのでそうしたらおいしくできた。

2月14日（月）

うぐいすの鳴き声がする！

今年初めて聞いた。

まだうまく鳴けてない。ホー、ホケキョケキュ、と聞こえる。

朝方は雨が降っていたけどだんだん天気がよくなって、昼間はとても暖かくなった。

なので、よし、やろう！　と立ち上がる。

なにを？

ずっとずっとやらなければと思っていた畝直しだ。畝間が狭かったので広げるのです。スコップと鍬《くわ》を持って畑に行く。25センチぐらいだった畝間を40センチぐらいに広げた。よし。これで歩ける。いい感じ。

そのあと、庭の落ち葉を集めて畝間に敷く。それから土をふるいにかけて米ぬかと油カスを混ぜてぼかし作り。暖かくなるとやることがいっぱい。

台所で皿を洗っていたらすぐ前のレンギョウにうぐいすが来た。何度もたどたどしく鳴く練習をしている。かわいいので思わず写真を撮る。

ひさしぶりにいつものジャングル温泉へ。ゆっくりとサウナに入る。6時ごろになると人がいなくなる。温まるので脱衣所でも寒くない。いつまでも汗が引かない。

2月15日（火）

リモートで打ち合わせ。リモートも慣れてきた。

午後はオリンピックを見たり畑に行ったりであっというまに過ぎてしまった。

近ごろ鳥がたくさん来る。

その鳥のどれかが庭に毎日種を落としている。今日も種を拾った。いちいち捨てに行くのが面倒なので種入れ用の植木鉢を庭石のところに置いておくことにする。

夕方の温泉。駐車場にも温泉にも人が少なかった。なぜだろう。

日の入りがだんだん遅くなっているのが窓の外の明るさでわかる。

このあいだのリライブシャツをカーカに送った。試してみて、と。私はこれを毎日着るのは面倒くさいと感じる。そしたら今日、令和の虎が賭《か》けポーカーで炎上中という。あらまあ。

2月16日（水）

朝方、とても寒い。庭に出て種の量をチェックする。鳥は相変わらず多い。種が少しだけ落ちていた。

畑に行ってみる。畝のまわりを落ち葉をカサカサ踏みながら一周。歩きやすくなったのでうれしい。


小雪がちらついてる。

なのでさっきからコタツに潜り込んでじっとしている。仕事をしなければいけないのだけど、いつものごとくまだやる気になれないのでやる気が出るのを待つ。

ぼんやりメールを見たら電気代のお知らせ。うん？　さて、どうなっただろう。2万円だ。デロンギヒーターを使うのをやめたら1万5千円も下がってる。やはり長くつけていると電気代を食うのだなあ。初めて知った。

昼間になって、だんだん空が明るくなってきた。日も射し始めた。やる気がでたらいいけど。

午後、1ページ分だけ仕事をした。これからどんどん進めばいいが。

気分転換に買い物へ。お茶がなくなりそうだから。

店の入り口のワゴンに目が吸いよせられた。吊《つ》り下げられた黒と灰色だけの室内スリッパの中にひとつだけ春の色のスリッパがちょこりん。

思わず近づいて手に取る。洋ナシとりんご…。ワゴンの上を見ると水色に花模様のもある。どちらもかわいい。どちらかに決められず両方、カゴに入れた。599円。室内スリッパは使わないのに…。衝動買いだったけど気分がいいからいいや。お茶を2袋と、ホタルイカも買う。

家に帰って、すぐにスリッパをはいてみる。かわいいし暖かい。ちょこんとふたつ並べて置いた。飽きるほどたくさん使おう。半分に切った洋ナシが顔みたいに見える。ちょっと悲しそう。りんごも顔に見える。ちょっと不機嫌そう。

2月17日（木）

ぼかしたい肥がまったく温かくならない。発酵している様子がなく、冷たいままだ。うーん。


今日は寒い。雪もちらつく。時々畑に行って、草を取る。

仕事はあまり進まなかった。

夕方、温泉に行って温まる。帰りに駐車場の車の方に向かっていたら、前をひょこひょこ歩いている小さな人がいた。毛糸の帽子をかぶって布の手提げを下げて。まるで「白雪姫と七人のこびと」にでてくる人みたいだなあと思った。森のおじいさん。先日の木工アトリエの先生にも似ている。

車に乗り込んで前を見たら、なんとその先生ご本人だった。こちらに近づいてくる。今日はいつも行く温泉が休みだったのでこっちに来たのだそう。驚きながら少し話す。


夜。フイギュアスケート女子フリーを見る。坂本《さかもと》選手が銅メダル。にこにこした笑顔がうれしそう。ロシアの選手たちは元気がなく見える。

2月18日（金）

ぼかしたい肥、今日も冷たいままだ。

午前中、歯医者へ。歯ぎしり対策のマウスピースができた。スタビライゼーション型スプリントというもの。硬くて驚いたけど顎関節《がくかんせつ》の位置を負担のかからないポジションに落ち着かせてくれるものらしい。今日から使うのが楽しみ。慣れるまで好転反応がでるかもしれないとのこと。

帰りに買い物。

仕事を少しして、温泉へ。今日のサウナは混んでいた。

夜、カーリングを見る。スイスに勝って決勝へ。

2月19日（土）

雨がパラパラ降っている。

マウスピース、2～3日眠れない人もいますと聞いていたけど、私は「これは歯にとっていいものだから受け入れて。これで安心だよ」と自分に伝えて寝たせいか、あまり違和感も覚えずによく眠れた。今まで無意識の強い歯ぎしりで歯が削れていたのだから、私の歯を守るものだと思うと、よかったと思うばかり。

集中して仕事をする。

仕事の合間に、出版社から時々転送されてくるファンレターを読む。

「一太《いった》くんTシャツが大人気です」という手紙があって思わずほほえんだ。自然栽培農学校で学んでいる方で、「すれ違った人に『かわいい』と言われることが非常に多いので驚いています」とのこと。私もかつて、峠の茶屋のおばちゃんたちに大人気だったことを覚えている。ある種の人々にとって、あの絵は何かを醸し出しているように感じるのだろう。丁子屋《ちょうじや》のおばちゃんに、「癒《いや》されるわ〜。みんなに見えるように真ん中に座りなさい」と言われて広い畳の部屋の真ん中への座卓に座ったっけ。

ふふ。

それから「魂の友と語る」についてと、7歳の娘さんが語る不思議な世界のこと。興味深く読んだ。

そしてやる気が出た。これからもがんばろう。

昼間にだいぶ仕事が進んだのでうれしい。

温泉ではサウナで元気さんと植物の話。元気さんは椎茸《しいたけ》のコマ打ちのアルバイトが終わり、花や庭のことができるのでうれしそう。畑にもたくさん花を植えていると言っていた。

2月20日（日）

カーリングの決勝戦があるので楽しみ。

今日は曇っていて寒いから家で仕事をして、いちばん大変なイラスト部分を描き終えたい。

カーリングを見ながら食べようと朝ごはんの用意をする。目玉焼きを焼いて、お茶も淹《い》れて、いざ始まった！　と思ったら、玄関の外に二つの黒い影。

今日は日曜日。しげちゃんの散歩の日だった。

外は寒いのでコタツに入ってしばらく話す。セッセと、どこにでもいる「世の中の困った人」についての話をした。うちの近所にもひとり、もう何十年も住民にとても迷惑をかけている人がいる。その人の行為は住民を困らせているのだが、個人的に納得できないことを主張するために選んだ手段が、世間の人に迷惑をかけるその行為だったようだ。だれがどう言っても変わらないらしい。私もあれはひどいと思うけどどうしようもない。そういう人ってどこにでもいるね、と話す。

カーリングは負けてしまった。けど銀メダル。冷えてしまったご飯と目玉焼きとお茶を温めないで食べる。

午後。仕事も大詰めだがいまひとつやる気が出ない。おやつでも買って来ようかと考え、買い物に行く。外はチラチラと雪が降っていた。エクレアを買った。ついでにカールのチーズとうすあじも買った。子供の頃、お菓子なのにだしの味ってどういうことだろう…と不思議に思っていたうすあじ。

2月21日（月）

歯医者へ。

マウスピースのチェック。因果関係はわからないけど左肩が昨日からこってますと伝えたら、首や顎《あご》、肩の筋肉を調整してくれた。

買い物。今日は冷凍のフグのから揚げというのを買った。味付きの衣がついている。オレンジ色。前から気になっていたもの。

庭にふきのとうが出ていたので小さいのを4つ摘んで夜、天ぷらにする。

フグのから揚げはおいしかったけど味が濃くてつまみっぽかった。

仕事中。手書き原稿の漢字を間違えないようにスマホで確認しながら書く。

私は漢字を書くのが苦手。充電と書きたくて、試し書きした字が「これは違う」という字だった。電気の電はさすがに知ってるんだけどなぜか。ド忘れした漢字を書こうとするとモヤモヤとしたイメージだけが頭に浮かんでくるのでおもしろい。雷、電気、電力あたりを覆うように漂っていたモヤモヤ。

2月22日（火）

マウスピースをつけて眠ると歯ぎしりの心配がないので安心して眠れるのか、夜中にあまり目が覚めなくなった。

天気はいいけど寒い。外に出ようとして引き返す。

仕事の続き。ひとりごはんの愛用品紹介の写真を撮る。箸《はし》、スプーン、皿、台所など。

2月23日（水）

天皇誕生日で休日。

今日もとても寒い。仕事がどうにか終わったので、ホッとして庭に出る。枯れたシダ類を刈り取りたいなあと思い、道具を手に木の下へもぐりこむ。

ひとしきりやって、ふと気づいた。一番やってはいけない服でやってしまった。ユニクロのふわふわしたフリースジャケットだ。無数の枯れ葉や細かい枯れ枝が毛の中に入り込んでいて簡単には取れない。

しかたないので家に入って、ひとつひとつ丁寧につまみ取る。ガムテープも使った。ふう。

温泉で冷えた体を温める。最初、入った瞬間がなんとも言えない。クーッと。

2月24日（木）

ひさしぶりのいい天気。雲ひとつない青空だ。

朝いちばんに買い物へ。スーパーの魚コーナーをまず見る。天然もののハマチのお刺身をカゴに入れる。活きのいい鰯《いわし》が入りましたと書いてある。鰯ってハードル高い。思いつくのはイタリア料理の香草パン粉焼き。作ったことないけど。でも新鮮そうに見える。どうしよう。じーっと見て考え込む。魚売り場の人に頼んだら3枚開きにしてくれるだろうけど…。迷っていたら、若いお兄さんが魚のパックを並べにきた。言ってみようか。

「すみません…」とおずおずと頼んでみたら、「いいですよ」と。しばらく待って受け取る。まるまるとしていたのに開くと驚くほどペタンコ。そういうものだよね。

他にもいくつかカゴに入れてレジへ。誰もいなかったけどすぐに近くの店員さんが飛んできて会計してくれた。みんな忙しそう。棚のところにも品ものを並べる人がいて商品をよく見られなかった。ちょっと邪魔だった。会計が終わった時、店内アナウンスで「今、開店しました！」と流れた。

え？

車に戻って時計を見たら9時30分。開店時間は9時30分だったんだ。ということは私は開店直前の忙しい時にふらふら入って行って、魚の開くのを頼んだり会計をしてもらったりしてたんだ。きゃあ〜。申し訳ない。入口が開いていたからてっきり開店中だと思い込んでた。邪魔だったのは私の方だった。スミマセン…。

次に道の駅へ。こちらは大丈夫。開いている。ヤマブシタケという白いキノコを買ってみよう。前に食べておいしかった記憶がある。

お弁当売り場を見たらオムライスがあった。まだ朝食を食べていないので買いたくなる。オムライスはチキンライスほどじゃないけど好き。これを買って食べようか。お刺身があるけど…。家に帰ればごはんも出来立てだけど。我慢できずにカゴに入れた。

天気がよくて気分がいいのでヨッシーさんの仕事場へ。

梅の花を見に行きませんかとラインをもらっていたのでその相談をしよう。小さな菜の花がふわーっと咲いている駅のまわりを見ながら話す。日曜日に雨が降らなかったらお花を見に行こうということになった。

家に帰ってオムライスを食べる。味は普通だった。

外に出て、畑を見る。それから近所で塀を壊しているところがあるので見に行く。ブロック塀が取り外され、中の花壇の土も流され、植えられていた金木犀《きんもくせい》の大きく複雑な木の根があらわになっている。すごい。じっと見た。

宅配便が来た。昨日の仕事の原稿を出し、今日からやる仕事の原稿を受け取る。短い休憩だった。

また買い物に行って米ぬかを買ってくる。ぼかしが発酵しないのは米ぬかが足りないせいかもしれないと思って。駐車場で冷たいぼかしに米ぬかと油粕《あぶらかす》をプラスして混ぜる。ロシアがウクライナに侵攻したというニュースを聞きながら。

2月25日（金）

今日から次の仕事をしなければ。

その前に朝ごはんをゆっくり食べて、ウクライナ状況などを聞く。そこへ誰かがやってきた。セッセだった。話があると言う。畑のことだった。「黒い犬の畑」と名付けたすこし離れたところにある畑の一部を借りることにしていたのだが、そこではなく今の畑の幅を延長してもいいという話。それだったら私には便利だけど。

「いいの？」

喜んで受ける。セッセには今後の計画があって、それを考えるとその方がいいという。うれしい。でもちょっと残念…。黒い犬の畑、という名前が好きだったから。

ということで、3月になったら新しい畝を立てよう。

仕事は少し進んだ。

2月26日（土）

朝起きて、まず、「今日は絶対に仕事をがんばる。がんばらないと」と自分に言いきかせる。それからブラインドのすき間から裏庭をながめる。

ああ。裏の花壇の石の道を整えたい。仕事の目途がついたら草がのびる前にやらなければ。石を平らに敷いて奥まで歩きやすいように。

着替えて、リビングに向かう。

あら。またコタツつけっぱなし。気をつけよう。それからモヘアの帽子をかぶって畑へ。霜が降りていて全体的に白い。地面も堅い。さやえんどうの葉っぱについた霜が氷の棒のようになっていてきれいな模様ができている。

あの金木犀の木が取り去られていた。根っこごとゴロンと奥に転がってる。塀もすっかりなくなっている。どうやら駐車場を広げる様子。

天気がいいので青空に誘われて、仕事の前に畑へ。ニンニクの葉っぱの折れているところを伸ばしたり、ちょんちょんと草むしりをしていたら、あの声！

かわいい保育園児軍団だ！

帰ろう。

道路の遠くで、「右よし、左よし、前よし、横断よし」の声出しをして渡ってくるのが見える。急ごう。

仕事しなければね。

2月27日（日）

今日は午前中、ヨッシーさんとお花めぐり。梅の花を見に行く。

お天気もいい。ヨッシーさんの家に迎えに行ったら、前にお願いしていた乾燥したヘチマの実を分けてくれた。中ぐらいのを2個もらう。種は植えて、まわりは食器洗いにしよう。今、食器は前にもらったヘチマで洗ってる。ヘチマを使うとスポンジのようになんとなく気持ち悪くならない。ただし泡立ちは悪い。それから菜園で大根2

本とトウ立ちした白菜などの花芽、酢味噌《すみそ》がおいしいせんもと（わけぎ）、ニンニクの葉をいただく。私の畑ではもうあまり食べるものがないので助かった。これだけあったらずいぶん過ごせる。

まず、古墳近くの菜の花を見に行ったら、今年はあまり咲いていないと言う。その帰りに通った道で見かけた白い梅の花がとても大きくてきれいだった。なのでそこで降りてふたりで熱心に写真を撮る。まるいつぼみがかわいい、などと言いながら。

それから山の方にある湧き水のきれいな池を教えてもらった。その近くに自生しているクレソンがあるというので見に行く。細い小川が流れるところにクレソンが広がっていた。ビニール袋にちょっと入れて持って帰ることにする。

帰り道、山あいの水路の脇を走っていたらその水路にも緑色のクレソンみたいなのが見えた。クレソンかも、と車を降りてみたらそうだった。この水路は水の流れが速くてさっきのところよりも水がきれいそう。そしてクレソンもより大きく育ってる。ヨッシーさんがかたわらの竹を拾って水に突っ込んでクレソンを引き上げはじめた。それをまたビニール袋に足す。

お浸しにしたらすごくおいしいそう。そのまま食べたらピリッと野性的な味がした。

家に帰って、午後は畑の作業を少し。仕事が終わったら畝立てや草むしりなどやることがいっぱいある。

夜。クレソンの辛子和えとせんもとの黄身酢を作る。おいしかった。

2月28日（月）

ものすごく暖かい。春が来たのかも！

今日は歯医者。

仕事を途中までやって行く。マウスピースのかみ合わせをチェックして、今日で終わりとのこと。次は4ヵ月後の定期検診までなにもない。なんと！　歯医者通いも今日までか。なんとなく気が抜けた。寂しいほどだった。

家に戻って、仕事の続き。明日までに仕上げなければ。

夜遅くまでがんばった。

あいまにドラマを見る。ちょっと見て、うん？　これは前に見たことがある。けど、よく覚えてない。なんだかおもしろい…、と引き込まれた。真実に基づいたドラマ「ダーティ・ジョン」というの。

もらった大根を小さく切って干す。1本は巨大な大根だった。直径15センチはありそう。それを切って3分の1ぐらいを2センチ角にスライスした。

3月

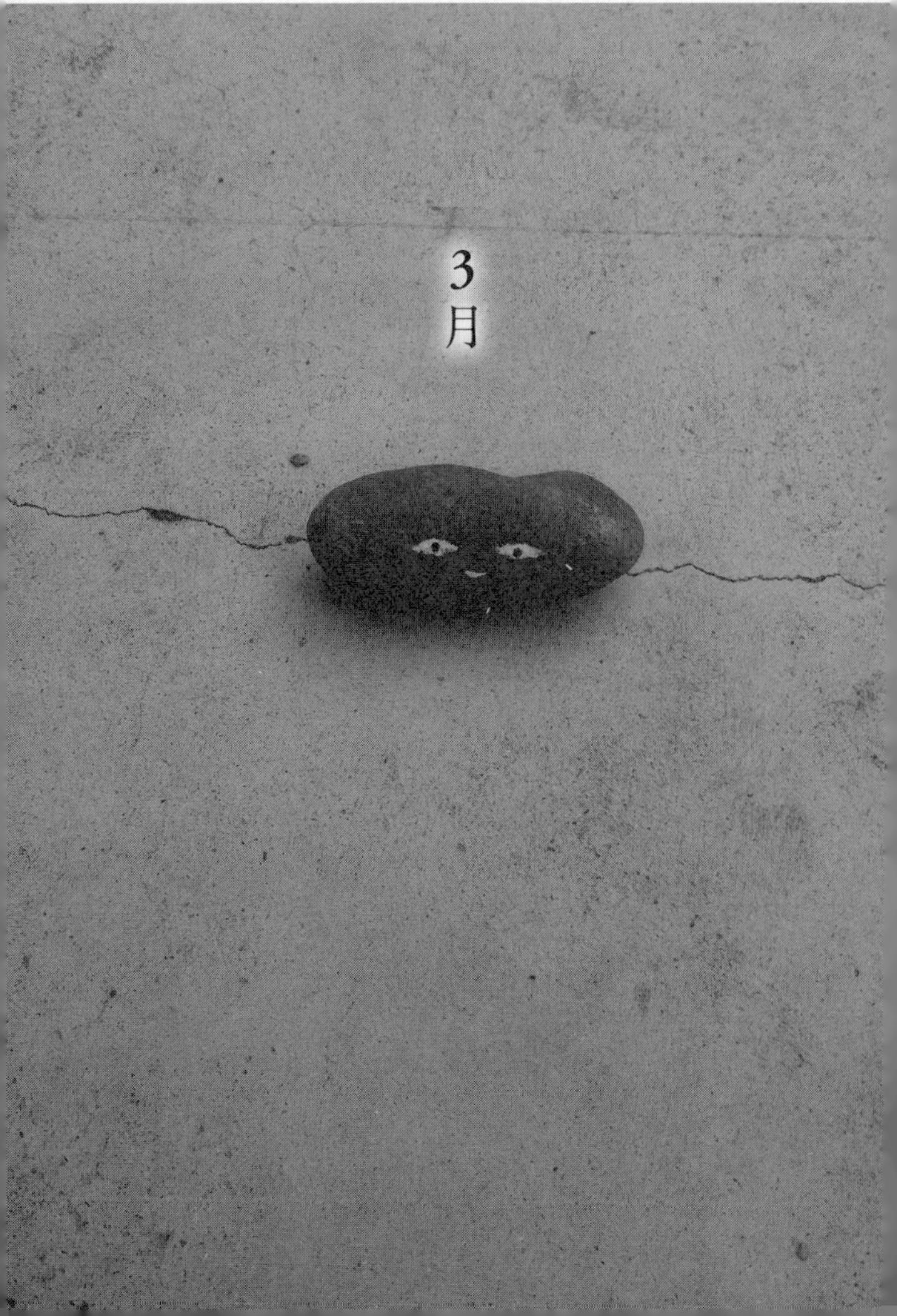

3月1日（火）

今日は一転、雨。しっとりシトシト。

昨日干した大根がいい具合に半生になったので集めて冷凍庫に入れる。そして次の3分の1をまたスライス。今度は2センチ角と棒状に。それをまた干す。3段の干し網に入れて今日は室内に。

ついに仕事が終わった。封をしてコンビニに出しに行く。やった！

お酒でも買おうかなと冷蔵庫をのぞく。シャンペンと書いてあるのを手に取る。1200円台とは安い。そのとなりの2500円ぐらいのスパークリングワインと迷ったけどこっちの方がおいしそう。で、レジに行って会計したら2500円だった。あれ？　違う。

お店の人が「違いましたか？」と心配そうに聞いてくる。で、一緒に確認しに行ったら、置いてある場所が間違ってたことが判明。

「いいです。これで」と言って帰る。

2500円だった時、私は一瞬、うれしかったのだ。見た目はこっちがよかったから。それが高い方ってわかって、よりおいしいかも、となんだか思って。

3月2日（水）

天気がいいけど風が強い。

ひさしぶりに庭仕事。枯れたシダ類を刈り取る。何度か草置き場まで往復した。まだ庭の半分残ってる。

明日、私にとって5年に1度の大イベントがある。それは免許の更新。

ずっと前、20年以上前から、免許証の写真を撮るときはいつもはしない派手なメイクと服でおもしろい免許証写真にしようと試みてきた。いつも思ったよりも地味だなあと感じる出来栄えなんだけど、5年も使うのだからおもしろくしたい。そして前回からは、背景の青い色と服の色を合わせれば首が宙に浮いたように見えるかもと思い立ち、そのように試みた。5年前は服の色がちょっと薄かった。背景の青に対して水色だった。失敗。で、そのことをサクに話したら去年、サクもやってみたくなったようでわざわざ青いシャツを行きがけに買って着替えて写真を撮っていた。まあまあよくできていた。で、私もその服を使って明日は挑戦だ。うまくいくかどうか。事前に電話で問い合わせて背景の色も確認した。青と灰色があるようで、見てくれて、「青ですね」と教えてくれた。写真は持参してもいいのだが私は一発勝負に賭《か》けたい。

3月3日（木）

青い服を着た。

とても大きいWLの半袖《はんそで》。でかすぎる。いちばん色が似ているのがこれだったそうで。なので下に黒い長そでのヒートテックを着用する。メイクもして、9時に出発。

隣町の交通安全協会へ。待つのは嫌なので受付締め切り時間ギリギリに着くように。

いろいろ記入して、部屋へ。呼ばれて写真を撮る。4枚できて1枚申請用に使って、3枚はくれるそう。すぐできた。3枚もらった。出来は？

今度は背景の色が薄くて私の服の方が青い！　失敗だ！　顔はノーメイクのような薄っぺらさだし。

次に視力を測って、テーブルに着く。すぐに講習が始まった。警察の方が来て、30分ほど交通規則についての話。改めてゆっくり見渡すと、8人しかいない。広い部屋でパーソナルスペースをたっぷりとってあり、仕切りもあって、窓からは春の風が吹き、陽射しもあたたかく、とても快適。こんな会場だったら嫌じゃない。

東京でいつも行っていた更新センターでは、講習でまず悲惨な交通事故のビデオを見せられて事故の怖さが心に刻み込まれる。そういうのはなかった。

いくつかの問題が書かれた紙があり、○×式で記入する。案外むずかしく、私は半分しか正解しなかった。後部座席のシートベルトは一般道路でも着用義務がある、進路変更の合図は3秒前に開始、夜間のヘッドライトはハイビームが原則、など。

説明を聞きながら、もらった写真をじっくりと見た。なんか変。顔も老けてる。残念。気分が暗くなる。こんなの他のところで使えないわ。もうやめよう。首宙づりは。次からは自分で事前に撮ろう。明るい服の若々しい写真を撮りたい。5年も使うのだからきれいにしたい。

講習が終わり、資料をもらって出る。新しい免許証ができるのは1カ月以上先の4月12日で、ここまで受け取りに来なければいけないのだそう。講習当日に新免許証が欲しい人はもっと大きな町の会場まで行っていて、私はもちろん近い方がいいのでここにした。

買い物をして帰ろうとスーパーへ。今日はひな祭りなので春らしいお寿司《すし》がいろいろある。ディスプレイもピンク色。

講習が終わって気が軽くなった私は、ついついいろいろなものをカゴに入れた。大きな千葉産の蛤《はまぐり》2個、いくらの醤油《しょうゆ》漬け、ぶりかま、カワハギのお刺身2パック、宮崎牛のステーキ肉、鶏のもも肉、そしてずっと探していてついに見つけた珈琲《コーヒー》かりんとう。思わず3袋。レジに向かいながら、興奮して買いすぎたか、すこし戻そうかなと思った。考えてみると蛤はいらないかも。高いし。カワハギも、好きだからって、なんでふたつも？　1個でいいじゃん。

戻そうか…と思ったけど、もうなんだか面倒くさくなってしまい、ぼんやりと買ってしまった。まあ、いいか。

そのあと、道路沿いのパン屋さんでパンを買おう、と思って入る。

小ぢんまりとしていてふんわりとやわらかいイメージの店内。並んだパンを見てい

この一瞬、
しあわせ
ゆっくり
ぽかぽか
のんびり
ぽんわか

るとまたまたいろいろ買いたくなった。どうにか気持ちを抑えて6個にとどめる。サービスのコーヒーをもらって、陽のさす場所に車を移動して霧島《きりしま》連山を眺めながらパニーニをおいしく食べた。

家に帰って、カレーパンを食べる。今日は免許更新にも行ったし、休養日にしよう。

3月4日（金）

カーカが昔、小学生の頃、「リング」の真似をして撮ったビデオある？　と聞いてきた。探したらDVDが数枚あった。このどこにあるのかがわからない。1枚見たら、カーカが産まれた頃の映像だった。赤ちゃんの。懐かしい。次に、サクが産まれた頃のを見た。病院で沐浴《もくよく》をされているところだった。口をホーとしていてかわいらしい。昔の子どもたちのビデオを見ると妙な気持ち。かわいいけど、この時はこの時にしかない。私の姿も映っていて、髪の毛がぼさぼさでやけにみっともない。家の中もみんなもとても古くさい。笑った。

「リング」はどこにあるのかわからなかった。

ズームで打ち合わせ。ひとりごはんの本。私が今、どうしても作りたい本3冊（庭、ごはん、自然農）の2冊目。

終わって、畑に見回りに。

ときどき脇の道を通るおばちゃんが通った。いつもオハヨー、コンニチハー、と挨拶《あいさつ》してくれて、「キャベツができてるね」みたいなひとことをかけてくれる。髪型が特徴的で、黒髪の…モーツァルトとかベートーベンの中だと、バッハみたい。

夕方、温泉へ。

サウナで温まっていたら、たまに見かける方がいらした。今日は庭木の剪定《せんてい》をして腰が痛いとおっしゃる。私も庭の手入れをしていたので木についてポツポツ話す。木につく毛虫のことや藤のつるのことなど。上がって脱衣所へ。暑い。もうお風呂《ふろ》上りに汗が引かない。さっきのサウナの方が髪を乾かしている。気持ちよくバスタオルで拭《ふ》きながら木製の台に腰かけて、「ふー」と隣を見たらその方のカゴがあった。その上に置かれていたシャツの色に目が釘付《くぎづ》けになる。

この色…。

これはまさに免許証の背景の青色だ。水色と青のあいだ。やわらかい青。目が離れない。ポロシャツだろうか。何度も見てしまう。このシャツだったら5年後にもう一度挑戦したいくらいだ。気になる。

今日、いちばん心がざわついた。

3月5日（土）

しばらくゆっくりできるので庭と畑の作業を進めたい。

前に買ってたくさん余ってるバークたい肥を庭の木の下に撒《ま》く。残りあと4袋。

午後は髪の毛をカットしに行く。いつもの長さ。結べるギリギリで。

さつま芋がたくさんあるのでこのままだと腐ってしまうと思い、干し芋を作って保存することにした。少しずつ蒸して、切って、干す。

3月6日（日）

天気はいいけど風が少し冷たい。ゴミ捨てに行ったら今日は日曜日だった。間違えた。

日曜日なのでしげちゃんたちが来た。しばらく話して庭を一周する。今咲いている花はクリスマスローズと沈丁花《じんちょうげ》しかない。沈丁花がいい匂い。

今日も昨日の続きの作業をしようと思うけど、風がどうかなあ。バークたい肥を3袋、撒いた。残りの一袋はなにかの時のために残しておこう。

3月7日（月）

午前中は豚小間で作る薄いチーズカツを揚げて食べた。2枚。それで午前中はほぼ過ぎる。本当は昨日の夜ご飯に作るつもりだったけどお昼ご飯が遅くてタイミングを逃してしまった。

午後は畝立てを開始する。今までの畑の幅を2倍に。まだ少ししか進んでないけど、とても楽しかった。今年の野菜作りが楽しみになる。

夜はオムライス。

そして明日は山登りなので、庭のふきのとうを摘んでおにぎり用のふきのとう肉みそを作っておく。

3月8日（火）

今年最初の山登り。大浪池《おおなみのいけ》ハイキング。

昨日の夜に持って行くものを床に並べて準備していたので順調に用意が進む。ふきのとう肉みそのおにぎり（正確にはおにぎらず）も作る。

9時にいつもの場所に集合。いつものメンバー。3名。

大浪池には今までに3回は登ったことがある。視界の広がらない単調な登りが続き、すごく好きという山ではないけど、上から見る池の青さがきれい。

今日は気温も丁度よく、すがすがしい。さわやかだ。上に着いて火口湖のまわりを一周する。一周するのに2時間かかる。高千穂峰《たかちほのみね》や噴煙を上げる新燃岳《しんもえだけ》を見ながら快適に歩く。マンサクの花が咲いているかもしれないということだったが、まだだった。

途中のベンチでお昼を食べる。青空の下で食べるのはおいしいねといつもみんなが言う。私は半々。気持ちがいいとも思うけど、気持ちが悪いとも思う。いつもその真ん中でひやひやしながら食べている。というのも、本当にきれいだとわかっているところじゃないと食べたくないので嫌なことは考えないようにしているから。

まあ、それはいいとして、一周が終わり、疲れた疲れたとこぼしながら、下に降りる。登り始めてから6時間たっていた。

大浪池ハイキング

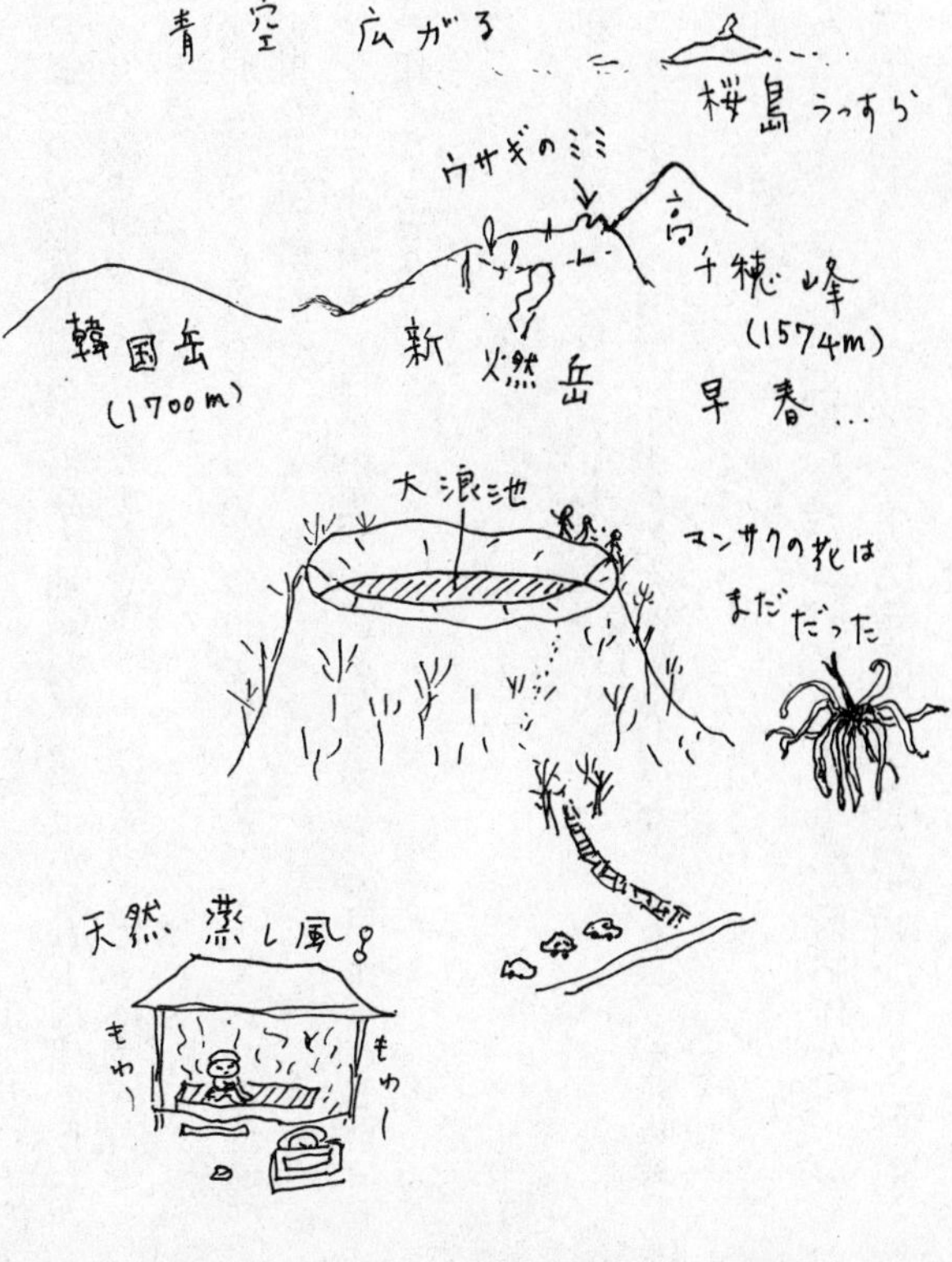
青空広がる
桜島うっすら
ウサギのミミ
高千穂峰
(1574m)
韓国岳
(1700m)
新燃岳
早春…
大浪池
マンサクの花はまだだった
天然蒸し風呂!
もわ〜
もわー

そして温泉へ。

今日行くのは白鳥《しらとり》温泉の天然蒸し風呂。温泉の地獄の蒸気が上がる真上に建てられた小屋の中でじっくりと蒸される。ここには野菜を蒸すところもあるので今度、さつま芋を持ってこようと思う。

帰り道、評判の金柑《きんかん》農家さんを教えてもらい、金柑を買う。すごく大きいのと普通の。両方買った。金柑の甘露煮を作ろうかな。

そして最後、ヨッシーさんちでまた白菜の花芽を摘ませてもらったのでうれしい。これでスパゲティを作ろうと思う。

3月9日（水）

そして今日は将棋の順位戦を見る日。

藤井5冠の昇級がかかっている対局。相手が佐々木《ささき》勇気《ゆうき》七段なのでなおさら興味深い。

昨日の疲れで今日はやや筋肉痛。

将棋を見ていたらセッセが来た。畑に落ち葉たい肥を作るためのたい肥枠を作りたいと言っていたところ、今日これから作ってくれるそう。杭《くい》を打って板をはめ込む簡単な枠ができた。

午後、将棋を見ながら台所で金柑を煮る。窓の外にやけに鳥が多い。暖かくなったからかな。あれはジョウビタキか。

窓の近くにサルスベリの木が2本あって、そこにもよく鳥がくる。

あれ？　体が黄緑色。もしかしてメジロかな。

メジロがくるとてもうれしい。急いで写真を撮ろうとしたけど枝から枝へぴょんぴょん飛び移る動きが速すぎてまともに撮れない。レンギョウ、ロウバイへと移動していく。一瞬の動き、3枚だけ撮れた。

選択肢が少ない生き方っていいなあと思う。迷うことなくこれしかない、という。もちろん嫌な選択肢ばっかりは嫌だけど。

3月10日（木）

今日は畝立てを本格的にやりたい。心の準備をして、気合を入れて、作業着もいつもよりもちゃんと着込んで、取り組んだ。

3メートルほどの畝を9本、作る。やった！　汗だく。体もくたくたに疲れた。

温泉でリラックス。疲れた時ほど温泉が気持ちいい。

体を動かすのはいいなあ。

金柑の甘露煮用の砂糖が切れたので買って帰る。

3月11日（金）

玄関の前の沈丁花がいい匂い。横を通るたびにふわりと香る。

午前中、畝の上にのせてある草の根から土を払い落す作業。土埃《つちぼこり》が舞う。熱心にやってたら誰かが来た。ヨッシーさんだ。注文していたかるかんができたので1本おすそ分け、と持ってきてくれた。中にあんこが入ってるかるかん饅頭《まんじゅう》ではなく、白いかるかんだけを板状に固めたやつで、純粋にかるかんだけを味わえる。山から採ってきた本物の山芋を使い、手ですりおろして作っているそう。ありがたくいただく。庭を少し見せて、今後の計画などを話す。

それから庭の作業。

挿し木して根づかせておいた紫陽花《あじさい》とシモツケを不織布植木鉢のルーツポーチに植え込んで、入り口近くのヒトツバの木の下に置く。

ルーツポーチを引き出しから取り出す時に思った。なんでこんなに買ったんだろう。確か買ったのは2年前くらいだ。すごくいいなと思ったんだった。それなのにまだひとつも使ってなかったとは。

午後は白鳥温泉へ。

さつま芋がまだ20個ぐらいあるので温泉の蒸気で一気に蒸して干し芋を作ろう。家の小さな蒸し器だと時間がかかりすぎる。

緊張しながら2時ごろ到着。初めてここの蒸し場を使うのでドキドキする。蒸し場を使っている人はいなくて、お店の人にやり方を聞いてさつま芋を蒸し器に入れる。ついでに新玉ねぎ、じゃがいも、大根もちょっと入れた。あちこちに「やけどに注意」と書いてある。決して蒸気の上に手や顔を持って行ってはいけない。軍手をはめて、蒸し器をスライドさせて、慎重に蒸気の出口に蒸し器をセットした。

蒸し上がるまで、蒸し風呂《ぶろ》に入る。薄暗い部屋で横になり、意識して深呼吸、そして鼻からも蒸気を吸い込む。この蒸気がとてもいいのだそう。風邪なんてすぐに治るわよと誰かが言っていた。

1時間程で出て、蒸し場へ。どうだろう。スライドさせて蓋《ふた》を取る。いい具合に蒸し上がってる。新玉ねぎは蒸されすぎてくったりしている。車から持ってきた竹カゴにすべてのさつま芋を載せた。その時に蒸気に腕が触れた。

アチッ。

ものすごい熱さだ。一瞬でやけどしたかもと思ったほど。だからあんなに注意書きが。
帰りの車の中はさつま芋の匂いが充満していた。
さつま芋を切って網に並べる。とても時間がかかった。
それから鍋《なべ》いっぱいの金柑の甘露煮をガラス瓶7つに小分けした。多すぎるわ。

畑を見に行ったら、キャベツとブロッコリーが鳥に食べられていた。
ここ数日、なんか突つかれてるなあと思っていたけど、これはかなりひどい。唯一のこれからできる野菜であるキャベツが食べられたら困る。で、白いネットを家から取ってきて上にかぶせてまわりに石を置いて押さえた。明日ホームセンターに行ってネットを地面に固定するピンを買って来よう。他に鳥よけによさそうなものがないか見てみよう。

3月12日（土）

朝一で買い物。
鳥よけネットを留めるピン、里芋の種イモなど。
次に道の駅に行ったら、入り口で馬場《ばば》さんに会った。「今日は外でお米のフェアをやっていて、今、塩おにぎりを1個10円で売ってます」と教えてくれたのでそこに行く。私は3個買ったけど、隣の人は15個も買っていた。そしてすぐに完売していた。近くの小さな台では宮崎の生しぼりの椿油、椿油と蚕の繭を煮た液で作った石けんなどを売っていた。手作りだそうで、おじちゃんの説明を聞いているうちに買う気になった。椿油と石けんを買う。ちょっと安くしてくれた。

家に帰ってさっそく畑へ。鳥よけのネットをかぶせる。鳥よけネットは前にブルーベリーを鳥から守るために買っていたことを思い出したのでそれを使った。そして周囲の草を刈って畝の上に敷く。草を刈っていたらつくしを見つけた。家に戻ったらさくらんぼの花が咲いているのに気づいた。急に暖かくなったから。他にも何か変化はないかと庭を一周する。紫色のクロッカスが1輪、咲いていた。

最近ほとりで話したことを思い出す。話してから、自分で納得してしまった。友だちや人間関係について質問に答えて話したこと。

「今の私が関係する人は、今日会った人です。今日、会った人が今の私が関係する人です。明日《あした》は明日会う人がそうです」

それから今日、「人間関係にもメンテナンスが必要だ」について話していて、「日々の中で『うん？』と違和感を覚えることがある。それが何度も続くようならスルーしないで小さいうちに解決した方がいい。それから人間関係でそれよりも重要だと私が思うことは、ちょっとした感動や感謝、この人のここはいいなと思うことは、そう思った時に言葉にした方がいいということです」。

普段使っている道具の手入れで細かい部分を補修したり磨いたりするように、人間関係でも細かい軌道修正や認める（褒める）といった手入れが必要だろう。

今夜のおやつ。かるかん一切れ、金柑《きんかん》の甘露煮1個、温泉の八朔《はっさく》のシロップ漬け。

3月13日（日）

いい天気なので今日もがんばろう。

畑に草を敷いていたら、しげちゃんとセッセがやってきた。そうか、今日は日曜日。いつもの散歩か。

セッセが畑の脇にブロックを積んで、しげちゃん用の椅子を作ってくれた。私が畑の作業を進めるあいだ、セッセは用事を済ませに出かけた。ブロックに座っている母に、たまに刈った草を渡してまわりに撒《ま》いてもらう。

午後はずっとやりたかった裏庭の石の道を整える。あまりきれいにできなかった。まあ、通れればいいか。

それから庭のヨモギを摘む。ヨモギナムルの作り方を知ったので作ってみたい。あまり大きなのはなかった。小さいのばかり。もう少し育ったヨモギの方がよさそうだなと思いながらも一応摘んだ。

じゃがいもの種イモの大きいのを半分に切る。小さいのはそのまま。全部で60個もある。どうしよう。多すぎる。20個ぐらいでいいのに。

温泉のサウナでそのことを話したら、みんな60個は多すぎると言っていた。食用に買ったものの芽が出たからだが、箱で取り寄せたので量が多すぎたのだった。

芽を取って食べようかと思い直す。

芽が出て色もうっすら緑色に変化しているじゃがいもを15個ほど食用に取り出す。芽を取って厚くむいてポテトチップスを作ることにした。2個。厚く皮をむいたのでけっこう小さくなった。油で揚げて塩コショウをふりかけて、ボウルを振ってザクザク混ぜる。とてもおいしかった。

ヨモギナムルもわりとおいしかった。次はもうすこし育ったもので作ってみたい。

3月14日（月）

今日はとても暑い。気温24度といっていた。切ってない方の丸いじゃがいもを20個ほど植えつける。残りは明日。

午後は剪定《せんてい》を少し。ベニバナトキワマンサクやカラタネオガタマの木の内側をよく見たら、枝があまりにもぐちゃぐちゃに絡まっているのがわかり、気力が失《う》せた。もういいか。数年かけてゆっくりやろう。それか元気な時に1本ずつやろう。

さくらんぼの花は満開。しかも小さな虫がたくさん、あるひとつの枝で繁殖していた。すぐに殺虫スプレーをかけた。

3月15日（火）

じゃがいもの残りを植える。

庭では黄色い花の咲き始めたウンナンオウバイを半分にした。長いあいだに枝がすごく広がっていたので、ふたつある大きな幹のひとつを根っこごと掘り起こす。すっきりしてとても風通しがよくなった。茂った葉の中に隠れて見えなくなっていたオベリスクも発見したのでまた何か、つる性の花か野菜に使おう。

3月16日（水）

朝、巨木伐採の動画を興味深く見た。直径2メートルぐらいあるクスノキを伐採して伐根する動画と、家と小屋のあいだで大きくなったコナラの伐採だった。うーん。すごい。

木は大きくしてはいけない。自分の敷地内では。と、強く思った。

で、朝一でまたホームセンターへ。前々から買おうと思っていた三点脚立を買いに。地面が平らではない場所の木の剪定にはこの脚立じゃないと。で、外の売り場を見てみると、これかなという高さのがあった。あまり高いのは危ないからまあまあのを選ぶ。現物しかなかったのでそれを買った。店員さんに車まで運んでもらった。

家に帰ってよくよく見ると、雨ざらしでかなり汚れている。ビニール袋もなく裸で直接括《くく》りつけられていた取扱説明書も風雨でボロボロ。新しいのを注文した方がよかったかな。でも、まあいいか。本当にものすごく汚れた脚立だった。ずっと展示されていたんだろうなあ。

午前中は畑の作業。種をいくつか蒔《ま》いた。バッハさんが通りかかり、「楽しみね」と声をかけてくれた。「はい」

午後は家で仕事。

一気に暖かくなったのでやることがいっぱいある。

花も毎日新しいのが咲いている。スミレ、紫木蓮《しもくれん》、ミツマタ、ゆきやなぎ。発見が追いつかないほど。

3月17日（木）

昨日の夕方、洗濯をして外に干していたら、靴下が片一方見つからない。

あれ？　と思い、カゴの中や洗濯機の中を探したけどなかった。そのうち出てくるだろうと思ってそのままにしておいた。そしてさっき、乾いた洗濯物を取り入れていたら、あった。なんと干したブラの紐《ひも》にちょこんとひっかかっていたのだ。

ほら、出てきた。

引き続き、剪定と伐採の動画に夢中。

今日は伐採した木の根っこを引き抜く動画を見た。これこれ、大変だよね～と思いながら見ていたら、素晴らしい道具があることを知った。重いものを人の力で持ち上げることのできるチェーンブロックというもの。三脚を立ててそこにチェーンブロックを下げて、木の根っこにつないでチェーンをひきながら少しずつ持ち上げる。ひとひっぱり数ミリみたいな細かさで持ち上げていく。すごい。これはいい。さっそく調べたら、川で重い石を人力だけで移動させたりもできるみたい。いいですね。

伐根作業は進み、苦闘の末、大きなカイヅカイブキの木の根がゴボリと抜けた。ふう。

次に、アスファルトとコンクリートのV字型の小道に挟まれた巨大なイチョウの木の根を抜く動画。これもとても大変だった。眉間《みけん》にしわを寄せて、緊張して見入る。すべてが抜けた時はヤッター！　と思った。

さて、現実生活。

午前中は畑の端っこの畝を整える作業。ここに杭《くい》を立ててネットを張る予定。種もいくつか蒔いた。

午後は、去年もらった剪定枝を結局使わなかったので、剪定ばさみとノコギリとチェーンソーを使って薪《まき》ストーブに入る大きさに切る。ああ、大変、と思いながらやった。

なんでこんなにもらっちゃったんだろう。せめて焚《た》き物にでも活用しないと悔しい。でも、切るのも大変。と、反省しつつ。

小枝の分は終わった。残りは中ぐらいのと大きな幹。中ぐらいのまではできそうだけど大きな幹は剪定のおじさんに切ってもらおう。と思ったけど、よく見たら感じがいいのでオブジェとしてガレージの端っこに置いておこう。

3月18日（金）

ひさしぶりの雨。

外の作業をしなくていいのでホッとする。家の中の仕事をしよう。

今日見た動画は竹林の整備。「昔、竹を3本植えたら、見てください、今。山全体が竹林になりました。みなさん。竹は気をつけてください」と言っていた。そして数名で竹をスパスパと切っていってた。

ふむふむ。何を見ても勉強になる。

庭の木の剪定をちょっと焦っていたけど、ゆっくり整理していこうと思う。スッキリ、コンパクトに、風通しよくなるように。数年かけても。

今日の夜に白鳥神社で柴燈護摩供《さいとうごまく》というのが行われるので行きませんか？　と馬場

さん、ヨッシーさんに誘われた。雨が上がったら行ってみようかなと思っていたら、午後になって雨が止んだので行ってみることにする。いったいどんな行事だろう。

7時開始で6時にいつもの駐車場で待ち合わせ。1時間も前に集まるとは、始まるまで時間を持て余しそう…と私はちょっと腰が引けてた。

6時10分には白鳥神社に着いた。周囲の木々がうっそうとしていて薄暗く、足元はじめじめしている。

わあ…苦手なじめじめ感。

時間があるので長い石段を下まで降りてまた上がってこようということになった。じっとしているよりいいかと私もついていく。

こんなに早く来て…と、いつものように辛口感想をブツブツ言いながら下っていたのでヨッシーさんが隣でおかしそうに笑っていた。

下まで降りると、そこには1704年に樹齢2000年のアカマツの木を奈良の東大寺大仏殿の屋根を支える2本の虹梁《こうりょう》として納めた記念の碑が建っていた。アカマツの木の切り株を模したレプリカもある。前にも見たけどまた眺める。それから今度は石段を上る。上りながらまた辛口ブツブツを言ってたらおかしくて笑いがこみあげてきて、お腹が痛かった。ヨッシーさんも笑ってお腹が痛いなどと言っていた。

上まで戻って来て、神社の横の道を少し歩く。薄暗さが増している。ミツマタの木があって花が咲いていた。枝ぶりが自然な感じにふわっと広がっている。細くてカーブを描いた枝もある。うちの庭のミツマタは定規で線を引いたように棒1本、ミツマタ、棒3本、ミツマタ、棒9本、ミツマタ…となっているので、自然の作用でこのようなやわらかい樹形になったのだろうかとちょっとうらやましかった。

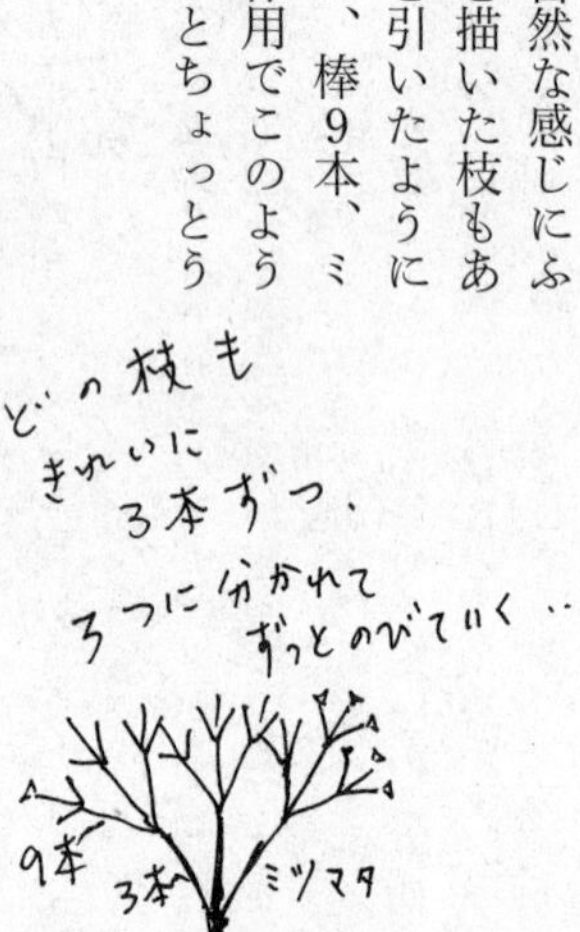
どの枝も
きれいに
3本ずつ、
3つに分かれて
ずっとのびていく…
9本
3本
ミツマタ
1本

神社の境内に入ると、儀式用の丸いドームのようなものが置かれていた。護摩供養のための木の板を千円で買って筆で願いたいことや住所、名前を書く。願いたいことは特にこれといったことはないので大まかに全体的に…と話したら、「家内安全」がそれに近いそうで、それにした。筆で字を書くのは楽しかった。

それから馬場さんが神社の横の方から本堂の彫刻が施された柱を見せてくれた。外のベンチに座っていたら、7時になって黄色い装束を着た山伏の方々が入ってこられた。観客は、本当になんというか、近所の人たちみたいな赤ちゃんを背負った若いお母さんとかカップル、老夫婦など20名ぐらいのひっそりとした感じだ。

何が始まるのだろうと、興味津々で見つめる。ベンチは2列になっていて、前の方に座ったのでとてもよく見える。

太鼓とお祈りの中、ひとりの山伏の方が丸いドームに向かって四方からエイヤッと手を動かして何かをしていた。それからろうそくの火で下の方に火をつける。なかなかつかないように見えたが、だんだんと下の方から白い煙が広がってきた。地を這《は》うような広がり方だった。そして上の方には煙が立ち上り、祈りの声と動きに合わせて、その煙がどんどん高くなり、また方向が360度変わっていき、なんというか、煙を操って動かしているように見えた。やがて火花が飛び散り、大空に舞い、すごく神聖で幻想的な儀式だということがわかった。

馬場さん、ブツブツ言って、ごめんなさい。

炎がすこし収まってから、ひとりひとり炎の前に近づいて立ち、火花が降り注ぐ中、山伏さんが背中に何かをしてくれた。エイエイッと手を動かして何かを。その動きは人によって違っていて、私の時は背中のあたりが主だったけど、ヨッシーさんはそれプラス腰やお腹、馬場さんは足をやってくれたというので、「いいんだ。私は背中だけ。私の時は短かった。でも自分の時はそう感じるのかもね…」と自分を慰める。

最後に、山伏さんから少しお話があった。鳥取から来られた山伏さんで、いつもなら2月に行うのだけど、今年はこの3月の18日、満月の日にしなさいと告げられ、なぜだろうと思っていたら、今年の2月は病気で入院していてできない状態でしたとのこと。そして、「ご縁のあった方が今ここに来ていらっしゃいます」といって、そのことに感謝されていた。

ここには15日に入られて、まずは山でヒノキの葉を拾うことから始まるのだそう。それから木の枝を組んでヒノキの葉でまわりを覆って、ここにご本尊と同じ意味を持つものができあがったと。

この柴燈護摩供というのは、あとで調べたら、修験道の秘法で、山中で修験者が行う修行、生まれ変わるというような意味があるらしい。

熱い生姜湯《しょうが》をいただき、帰りがけ、神社の奥さんからお土産の小箱もいただく。馬場さんは顔見知りのようで声をかけていた。私も奥さんに「すばらしかったです」と伝えた。奥さんが、言葉を選ぶようにして、「私は奇跡のようなものをたくさん見てきました。あの方は本当にすごい方です。明日から何か変わるかもしれませんよ」とおっしゃったので、パアッとうれしくなる。

思ってもみなかった。単なる傍観者だと自分を思っていたけど、今ここにいるってことは縁があったということで、私にも何かが起こるかもしれない！

いいことが！

そしたらいいなあとたちまちウキウキ気分。単純だ。帰りの車の中で、馬場さんに感動と感謝の言葉を伝える。ヨッシーさんも興奮気味だった。3人ともすごい満足感。

家に帰ってお土産の箱を開けたら、小さなふくろうの置き物で、背中に「不苦労」とかいてあってちょっと笑った。しばらく迷ったあと、玄関にいつも置いてある同じ色のサンペレグリノのペットボトルの隣にそっと置く。

3月19日（土）

私が必要だったのはチェーンソーではなく電動のこぎりだったのかも。おととい剪定枝《せんてい》を切る作業をしながら、使いづらい、何かおかしいと思った理由がわかった。チェーンソーでは力が大きすぎる。小ぶりの電動のこぎりこそが私の用途に合っている気がする。木の剪定をするにも枝のあいだに刃先が入らないと切れないし。うーん。使ってみるまで分からなかったのだからしょうがないか…。

今日はすごく寒くて小雨もぱらついている。畑に行ったけど引き返した。最近、いろんな種類の小さな木片を買い集めるのに夢中になっている。四角いの、小さいの。天然の木のさまざまな色を見ているとなぜかウキウキしてくる。

3月20日（日）

おとといの護摩供のことをまた思い出した。最後の終わり方が不思議だったのだ。まだ列に並んでお祈りを待っている人が数人いたのに、急にパッと、「終わり！」と叫んですごい速さで一連の流れを行い、山伏さんが5人並んで火の前に一列になって座って頭を地面につけるようにしてお辞儀をされた。その速さにいったい何があったのだろうと思ったら、そのあとのお話で、3月18日の8時がなんとかって話されたので、終わりの時間を指定されていたのだろう。それも大事なことだったみたいで。並んでいた人には、そのあとでお祈りをしてくれてた。

護摩供を見てから私はずっと考えていた。なんというか…、私は本当に、次の段階に行くのだと感じるのです。日々の生活が生きることそのもので、仕事もそこに織り込まれる。人に見せるためでなく、形のない、心の中のもの、天上のもののため。

ますます私はこれから、独自の世界を歩いていきたい。行くだろう。閉鎖的で開放的な仕事の仕方、生き方になるだろう。

あの山伏さんの言葉。ご縁のある方がここにいる、という言葉。

そうなのだ。私は何も心配する必要はない。ご縁のあることが起こるだけ。そこを確かに信じることができれば、何も怖くない。

すごく楽になった。そして楽しくなった。


今日も肌寒い。

いったん仕舞ったダウンを取り出して庭と畑を見て歩く。

ひとつひとつの木を見ながら剪定の仕方を考える。花が咲くものは咲き終わってから、大きい木は人に頼む、込み入った枝は急がずにゆっくり一枝ずつほどいていく。

畑に行くと鳥が飛び立った。そこここを突かれた跡がある。今年は種を狭いところにたくさん蒔《ま》きすぎないように少数精鋭でいこう。

3月21日（月）

春分の日で休日。雨が降っている。

山伏さんの言葉を聞いて以降、心が静まり返った。

YouTubeはもうやらないだろうなあ。あれは人々に何かを伝えよう、広めよう、とするものだから。私はそのことはもう過去にたくさんやった。これからは縁のある人にだけ届けたい。いや、届けたい、でもない。届かなくてもいい。これからは縁のある人に、偶然出会えればいい。いや、出会っても、出会わなくてもいい。なにも触れ合わなくてもいい。なぜなら、私が何かを生み出した瞬間にそれはこの世に形を成して、そこにあるのだから、それでもう済んでしまう。

書きたいときに私が詩や絵や文章を書く。それだけ。それでいい。

山伏さんに私が感じたある気持ちを、私にとってのきっかけとして使わせてもらおう。

それが神聖で手の届かないものであればあるほど強力に私を引き上げてくれる。

何かに迷ったら、あの時の気持ちを思い出そう。

そうすればまたそこに戻れる。

サバの味噌煮《みそに》はいつもうまくできない。でも挑戦してみた。すると、やはりいまいち。身が硬くなってしまった。

3月22日（火）

寒くて雨。

家で仕事を続ける。午後、やっと終わったので集荷を頼む。2個。

無事に送ったあと、買い物へ。2カ所に寄って、最後に、たまに温泉に行く前にちょこっと買い物する小さなお店へ。Aコープの出店みたいなところ。小学校の同級生ヤシキちゃんがレジ打ちしているので毎回会話を交わすのが楽しい。

カレー用の手羽元を買う。新玉ねぎも買いたかったけどなかった。会計してたら、ヤシキちゃんが困ったような顔をして「この店がねえ〜」という。

「なくなるの？」

「うん。なんでわかった？」と、前に貼ってある紙を指さした。4月28日までと書いてある。

「だって、そのあとに続くとしたらそれしかないじゃん」

「アハハ」

「お風呂《ふろ》前に重宝してたのに…。本店に行くわ」

「うん。お客さんが来なくてね〜」

残念。でも、しょうがない…。

今日、私は備蓄用の缶詰を3個買った。鯖《さば》缶2個、サーモン缶1個。いっぺんにやる気力がないのでちょっとずつ揃えていこうと思ってる。

家に戻って、車から降りて渡り廊下を歩き始めたら、右下に何かが見えた。見ると。

ギャア！

山鳩が倒れてる。たぶん、死んでいる。鳥ってたまにガラスにぶつかることがあるが、それか。思わず手を合わせた。

うう…。セッセに処理してもらおう。

いつもホーホー鳴いていた鳥だろうか。かわいそうだけど、どうしようもないね…。

この鳥の魂はもう魂の世界に行ってしまった。ここにあるのは抜け殻だ。

抜け殻を見てあまり悲しまれても困るだろう。

私も死んだらあっちの世界に行くのだからこっちの世界の人にあれこれ言われたくない。こっちとあっちは別の世界。サラリと済ませてほしい。

3月23日（水）

朝。うすぐらい曇り。

昨日の山鳩、どうなったかなと思い、玄関のガラス越しに見てみた。まだあそこにある。

10時ごろ、出かけようとしてそこを通ったら、白い花びらみたいなのが散っていた。何か花が散ったのかなと思って見たら、鳥の羽根だった。そして山鳩はいなくなっていた。

これは…、ねこか動物が来て、山鳩をくわえて行ったのだ。

始末する必要がなくなってホッとした。


ポストカードの打ち合わせをする。ついでに他のもいくつか。

お昼はパンを買ってきて食べる。ネットフリックスで有名レストラン経営者洗脳のドラマを見終える。それほどおもしろくはなかった。


小雨の降る中、温泉へ。

水玉さんと一緒に、サウナから水風呂へはいるために出た時、人はひとりもいなくなっていて、雨が上がった窓から夕陽がパーッとさして明るく、熱帯植物の葉のシルエットが鮮やかに見えた。ここ数日、知人の悩み事を聞きすぎて疲れ果てていたという水玉さんは「私たち、贅沢《ぜいたく》じゃない？　こんな…」と温泉、サウナ、夕陽の3点セットに新鮮な感動を覚えたようだった。

脱衣所に行ったら、あの青いシャツの方がちょうど来たところだった。

「雨が上がりましたね」と言ったら、「そう。虹《にじ》がでてた」と。

あの青いシャツのこと、聞いてみたい。勇気を出そう。

「あの〜、このあいだ、青いポロシャツ、着てましたよね？　あれはどこで買ったんですか？」

「ああ。あれ。これね」と、今日も持ってきたようで、カゴから出して見せてくれた。胸になんとかホテルと書いてある。

「これはどこかのホテルのものなんですね」

「そう。今度持ってきてあげるよ。まだ家にあると思うけん。オレンジとか黄色とかもあるよ。経営が代わったホテルのものでね。いっぱいもってるから」

「あの青い色のシャツが欲しくてずっと探してたんです。運転免許証の撮影で着たくて…」と説明する。もし手に入ったら、次も挑戦しよう。

いい気分で車を走らせていたら、向こうから道の真ん中を小さなものがやってくる。うん？

それは2歳ぐらいの男の子だった。手に布のバッグを持っている。

こんなところに…。大丈夫かな。車を止めて、「ぼく、どこにいくの？」と聞いてみた。

黙って、何も言わずにウロウロ歩いていく。見守っていたら、しばらくして泣き出して、向こうへ進んでいった。いったん車に入って見守る。

あっちが家かなと思ったら、引き返してこっちへやってくる。

どうしよう。

こっちへ戻ってきたので、「ぼく、お名前は？」と聞いても泣いている。

そこへ白い小さなプードルを散歩させてるおじさんが向こうを通りかかった。

この子、知ってますか？　と身振り手振りで聞いたら、知らないという返事。

うーん。困った。泣いてるその子のあとをついていく。どこかの家の方に曲がったので、そっちか。でもまた引き返してこっちに来る。

おじさんも心配して近づいてきてくれた。見ると、知ってる方だった。

「泣きながら歩いていて…。誰でしょうか？」

「知らないなあ。カバンに何か入ってるかも」

布のバッグをのぞいて見たけどおもちゃが入ってるだけ。

「この辺のだれかに聞いて…。わからなかったら、警察に連れていくしかないでしょうか」

とりあえず、近くで子どもさんがいるというお家に聞いてみようということになった。おじさんがピンポーンと押して、その家の方に聞いてくれた。娘さんとお母さんが出てきて見てくれて、「○○ちゃんだ！」という。知ってる子だったみたい。近所の子どもだった。そっちの方向に4人で歩いて行ったら、ちょうどお母さんがいて

「今帰ってきたんです」という。ホッとしてその子を渡す。おばあちゃんの家が近所にあって、見てもらっていたんだけど、と。そこを飛び出して家に帰ろうとしていたのかもしれない。

よかった。

いろいろあるね。子育て中は。私も思い出した。カーカが小学校低学年の頃、放課後友達と遊びに行って、暗くなっても帰ってこなくて、みんなで心配していたら、遠くの焼肉屋さんか中華屋さんから迷子になってたと連絡が来たことを。本当に心配したっけ。

3月24日（木）

今日は大浪池のマンサクの花を見に行くリベンジハイキング。

8時集合。前回のコースとは違うえびの高原から行くコース。なので距離的には長くなる。いつものように遠足前の興奮による寝不足で出発。

雨のあとのところどころぬかるんだ道を進む。天気がよく、さわやかな気温。

大浪池に近づくとハイカーが多くなった。黄色いマンサクの花も見えてきた。大きな木の枝に、よじれた細い紐《ひも》のような花が点々と。新緑前の荒涼とした灰色の木々と青い池の色によくあっている。逆光で見ると透明感のある黄色が鮮やかだ。

岩の上でお昼。今日もおにぎらずを作ってきた。これはおにぎりよりも楽なのでいつもこれにしようと思う。ヨッシーさんからフリーズドライのおいしいお味噌汁《みそしる》をいただく。今日も馬場さんが「外で食べるごはんは最高ですね〜」と言うので、「私はいつも半々の綱渡り」と厳しい顔で答える。馬場さんはすごく気持ちいいみたいで、不思議そうにしていた。

食後、大浪池の周囲の遊歩道を一周する。青い空。途中、すぐ上空でヘリコプターのような音。見上げると両肩にプロペラのある小型の飛行機が飛んでいた。

「オスプレイじゃない?」

聞いたことある名前…と思いながら機影を追いかけた。すぐ近くに自衛隊の演習場があるからそこから飛んできたのかな。こんないい天気に霧島連山の上を飛ぶのは気持ちよさそう。

9時から5時まで、8時間ぐらい歩いた。駐車場に戻る。足腰が疲れた。来月から改装のためにしばらく閉じるという白鳥温泉の上湯にまた行く。内湯に一度入ってから、また服を着て外の蒸し湯へ。ここの蒸し湯にもだんだん慣れてきた。

疲労困憊《こんぱい》で早めに就寝。いい疲れだ。

プロペラスマ
プルプルプル…
近いね〜
大浪池

3月25日（金）

強風。すごい。

いろいろ飛ばされてた。

昨日、帰りがけに見た周囲の景色。いろいろな花が咲いてとても綺麗《きれい》だったので今日写真を撮りに行こうと思っているけど、花びらが散りそうな風だ。

私も飛ばされそう。でも思い切って行ってみよう。

昨日通った道を行く。昨日いいと思ったあの桜はよく見たらもういいか、となかなか車を止められない。昨日見た赤と白のかわいい桃の花もあったけど、よく見たらお墓の真ん中だったのでやめた。まわりに墓石が並んでいたので。

ゆいいつ心惹《こころひ》かれた変わった色の壁面を撮る。ボロボロの古ぼけた色がなかなかいい。

あそこにはお花が咲いていそうと、温泉のある山あいの集落へ行ってみた。桃の花が数本、ふわっと満開の民家があったので少し離れた道から撮る。

車で回りながら思い出した。私はもう写真を撮るためにわざわざどこかへ行くのはやめたんだった。日常の中で出会った桜が今年のお花見。普通に行動していて出会ったものとの出会いこそが自然な出会い。人との出会いもそうだった。もう無理に会いに行くのはやめたんだった。

夕方、サウナに入ったら、先日青いシャツの話をした方がいて、青いシャツ、家にあったから今日持ってきたよと言う。わあ。うれしい。グランドゴルフで毎年行くホテルの昔のシャツで、景品にいつもついてくるのだそう。黄色と緑と青があったって。もらって、家に帰ってすぐにこのあいだのシャツと色を比べた。

そしたらなんと！

ほとんど同じ色。あれ〜。色の印象ってわからないものだ。これだったら今年と同じじゃないか。でも…そういえばあの方のシャツは何度も洗いざらして色が少し薄くなってた。これから毎日のように着て、薄くしよう。そして、背景の色と同じぐらいの色になったらそこで止めよう。そして5年後、今度は事前に納得いくまで完璧《かんぺき》な写真を自分で撮って持って行こう。髪の毛もひっつめ、首元まで青色で覆い、メイクもそれにあった感じにして。

ああ。5年計画だ。楽しみ。

でも、こんなに目まぐるしく世界情勢が変化している今。5年後にそんな平和な免許更新がまだあるだろうか…とも思う。

でもまあだれでも死ぬまでは生きている。だったら死ぬまで楽しく生きる試みをね。

私は死ぬ間際まで冗談を言っていたい。というか死ぬ時こそ冗談を言いたい。それがわかる人をまわりに育てながら。

3月26日（土）

今日は大雨の予報。

なので一日ゆっくり休養日にした。

ずっと家の中でのんびりするの、大好き。仕事部屋とコタツまわりを軽く片付けながら気ままにすごす。

いい一日。ゆっくりの一日。


あのことも、なにもかも、急がないと決めた時。

決めることができた時、一気に心が軽くなった。

そしてたぶん朗報は、「待っているうちに条件が変化するだろう」と思えたこと。

今のままではない。変化しないってことはない。悪いことも悪いままでなくなるかもしれない。

3月27日（日）

今日はいい天気。

9時過ぎにしげちゃんとセッセがやってきたので庭のベンチに座って話す。今日は特に話すことはなかったのでなんとなく退屈だった。これからお花見に行くと言ってた。

今日は天気もいいし、ちょうど桜の見ごろだろうなあ。

庭の木の剪定《せんてい》を少ししてから、草を刈って畑に敷いた。草がたくさん生えてきてうれしい。野草を食べようと思い、ギシギシとヨモギを摘む。

庭のしだれ桜が咲いている。濃いピンク色だ。見上げると青空にピンクがよく映えている。

3月28日（月）

曇り。

今日も庭と畑の作業をゆるゆると。

午後、買い物に行って、ついでに周囲の桜を車の中から眺める。桜が咲くと白くふわっと浮き上がったように見える。それが斜面にたくさんあるところではその一帯が軽くふわふわ浮かんでいるように見えた。

帰る途中、ヨッシーさんが菜園で作業しているのが見えたので車を止めて話をする。今咲いている花を表から裏の庭までぐるっと見せてくれた。田んぼの緑を背に咲いているいる黄色と紫の菜の花がきれいだった。

3月29日（火）

雨だ。

家で静かに。

ずっとゴロゴロ。というかコタツで映画を見たり、つまらなくなって他のことをしたり、昼寝したり。退屈な一日だった。

いつもの温泉に行ったら、サウナで水玉さんと元気さんが話をしていた。元気さんは昨日食べたしめ鯖《さば》にアニサキスがいて大変だったそう。痛くて痛くて病院に行ったと。「大好きだったけどもう懲りた。二度と食べない」と言っていた。

2匹もいたんだって。

3月30日（水）

昨日の夜、デンタルフロスを使っていたら歯の詰め物がポロリと取れた。去年治療した歯ではなく、ずっと昔に作ったところ。あーあ。で、今日電話して、午後、歯医者に行く。

特に虫歯になってはいなくて外れただけだったのでもう一度取りつけてもらった。先生はあいかわらず厳しかった。新人の歯科助手さんが入ったようでいろいろと注意する声が聞こえる。私も緊張感を持って椅子に座っていた。でもその緊張感は心地よい緊張感だ。この先生は仕事に熱心だから厳しいのだ。私が求めているのは腕のよさ。愛想のよさではない。ブラック・ジャックも無愛想だけど人々から感謝されているではないか。

3月31日（木）

備蓄ねえ…。

食糧難や非常時のために、私もなにか準備しなくてはいけないだろうか。アウトドア用の浄水器とソーラーパネル付き蓄電池を買おうかと思い、調べていたけどどうも買う気になれない。うーん。せめて浄水器だけでも買っとく？　でも、それほどの非常事態になった時、自分だけ生き延びようという気力がもうない。そういうことをするにはそれだけのパワーが必要だ。昨日、サウナで水玉さんに非常時の水のことを聞いたら、この辺は井戸がたくさんあるから大丈夫という。確かに。もういいや。

育苗用の土を買いに行こう。

畑の土でやってみたけど水はけが悪くてうまくいかない。ついでに玉子とお昼用のお赤飯を買う。

家に帰って、ガレージでさっき買った土を育苗ポットに入れる。種をひとつひとつ置いていたら雨が降ってきた。そうだ。今日は雨の予報だった。

みるみるうちに外が暗くなってきた。

夕方までなんとなくすごし、今日は早めに温泉へ。ゆっくり長めに浸かろう。

サウナで水玉さんと話す。私は病院嫌いのクスリ嫌いなんだけど、たまに小さなことで夜のうちに想像が膨らみ、急に怖くなって次の朝に病院に走ることがあるよ、と。

4月

4月1日（金）

朝早く、4時半ごろ目が覚めて3時間ぐらいずっと布団の中で動画を見ていたらめまいがしてきた。なんかふらふらする気がする。昨日の話を思い出した。急に気が沈む。健康第一だわ。

気を取り直して、畑に朝の見回りに行く。するともぐらが大暴れした様子。もぐらドームが縦横無尽にできていた。

きゃあ。

足で踏めるところは押しつぶす。大根の芽が出たばかりのところにも。うーん。ここは踏めない…。

朝食用に野菜を摘む。アスパラガス2本、ニラ、スナップエンドウ4個。アスパラとスナップエンドウは初物だ。さっそく調理する。甘くて柔らかくておいしかった。

今日から4月か。

新しい年度だ。なんか改まる。新しい気持ちで今日からを始めよう。

午後、畑に。

明日の朝は冷え込んで、4度という予報。じゃがいもの芽を守るために草で覆って不織布を敷く。不織布が足りなかったので防虫網とビニールシートも使う。

草刈りをしていたらセッセが来たので緊迫した世界情勢について少し話す。

私が、「急に何か、戦争とか、大変なことがこれから起こっても、私はもう子育ては終わったし、60歳を越えてから自分ひとりならもうどうなってもいいと思ってる。ただ目の前のことをこんなふうに毎日やるだけ」と言ったら、「そうか。そうだな。もうそういうふうに生きていこう」と明るくなって去って行った。

そう。世界を憂えてもしょうがない。私は世界のことを決める立場にないから。

私はここで、私のできることを、したいことを、着々とやるだけ。終わりが来るならその瞬間まで、ここでコツコツやるだけ。

4月2日（土）

じゃがいも、大丈夫だった。

今日でちょうど1年。畝を立ててから。やった。ここまでの記録を本にしようと思ってきたので感慨深い。

今日、ふと思ったこと。

トラブルが起こるのは執着した時。なんでもすぐに目の前の状況を受け入れるとトラブルは起こりえない。その切り替えの早さ、判断の速さが要《かなめ》だ。

4月3日（日）

朝方は冷え込んだ。

しげちゃんとセッセがいつもの堤防散歩の前に来た。庭の花を見ながら一周。石を置いたテラスを歩いていた時、しげちゃんが「あなた、まだ石を拾ってるの？」と聞いてきたので、「ううん。もう拾ってない」と答える。もう石は充分拾った。

4月4日（月）

作業用の手袋と雑巾《ぞうきん》類を洗って外の階段に干す。遠くから見たらその様子がかわいかった。手袋の指が。

前の道路の水道工事でできた段差を重いトラックが通るたびに家がビーンと揺れる。最初、地震か火山の爆発かと思った。去年、市役所に一応電話したあの件。

今日、水道工事の方が別の用事で来るそうなのでついでに話すとセッセが言うので、私も説明のために家の前に出てみる。するともう私が行った時には「はいはい。わかりました。調整しますよ」という感じに話していた。やり直してくれるみたいだった。よかった。

午後は家の塀の下の方を掃除する。道路ぞいにヒメツルソバがすごく繁殖してて、長年たまった土に根を張り、そこにアリの巣があったり草木が生えたりでなかなか簡単にはきれいにできない。何回かに分けて掃除しようと思った。

あ、天気がよくて仕事のことをすっかり忘れてた。自然農の本をまとめなければ。

4月5日（火）

今朝は霜注意報がでていたらしい。知らなかった。

じゃがいもの芽、大丈夫だったろうか。今日は草をかぶせただけだったが。

朝一で見に行く。

大丈夫そう。ホッとする。

道の駅に行って馬場さんとグッズの今後の打ち合わせ。しばらく放りっぱなしだったから。新しい商品を開発するのは大変だということがわかったので今後はポストカード中心でいくことにした。それに伴い、もうそれだけなら自分でできそうなので直に販売することにした。申請が通ればの話だけど。ついこのあいだ審査があったばかりでしばらくはないらしく、いつになるかはわからないという。2ヵ月後ぐらいかもとのこと。まあグッズ販売はもうやってもやらなくてもどっちでもいいので自然に任せよう。

筍《たけのこ》の水煮が出ていたので小さいのをひとつ買う。

セルトレイと種を買ったのでまた種まき。チョコトマト、甘いコーン。

お昼に庭の木の芽を採って筍の酢味噌和《すみそあ》えを作る。初筍。木の芽の香りがすごい。

温泉の駐車場の八朔《はっさく》はまだたくさん実が生《な》っていたのでちょうだいとお願いして、高枝切りバサミを持参して8個ほどいただく。

4月6日（水）

自然農の本の仕事をしなくては。なぜ忘れたんだろう。天気がよくてパッと外に飛び出してしまったからだ。今日からがんばろう。

若い頃は仲のいい友達がいた。話してるだけで楽しくてワクワクしたり、笑いが止まらなくなったり。年齢が上がるにつれていなくなったのはなぜか、と考えた。

それは…、人が自分らしくふるまうようになればなるほど、あまり人とは気が合わなくなるのではないか。仲のいい人がいた頃は相手に合わせる度合いも高かった気がする。未来にも自分にも不安があった若かった年代。だんだん大人になって、人に気を遣うよりも自分の感情を尊重するようになると、だんだん人に合わせるのが面倒くさくなる。すると仲のいい友達って結局そんなにいないんだとわかる。若い頃の友達づきあいは、自分がまだあやふやだから我慢することも多かったし、それで平気だった。我慢とも思っていなかった。それで楽しかった。

自分らしく生きるようになると人とはそうそう気が合わなくなる。それは当然そうだろう。人はみんな人それぞれだから。

4月7日（木）

なんか嫌な夢を見て起きる。

若い男の人と結婚したら相手の家族が詐欺師だったというような夢だった。目が覚めてホッとする。

今朝は霜注意報が出ていたが何も対策していない。じゃがいもの新芽は大丈夫だろうか。いそいで畑に見に行く。

ったなあ。…大丈夫そう。でもひとつだけ先が少し黒く変色していた。草をかけておけばよか

今日は11時に印刷会社の方が打ち合わせに来られる。それまで仕事しよう。昨日は仕事が進んだのでよかった。

打ち合わせ終了。思いがけない試作品をいろいろ作って来てくださった。ポストカード、スマホ立て、キーホルダー、コースター。ゆっくりゆっくり進めようと思っているけど見ると自然にアイデアがわいてくる。

午後、仕事の続き。

温泉で。水玉さんが友人に「筍いらない？」と聞かれていた。いらないそうで、私に回ってきた。掘ったばかりの筍。うれしい。自分で茹《ゆ》でるのに挑戦しよう。

帰ってさっそく茹でる。糠《ぬか》がなかったのでお米をひとにぎり入れた。

4月8日（金）

朝、じゃがいもに被《かぶ》せていた霜よけのシートを外す。葉っぱを観察。大丈夫そう。

昨夜茹でてそのままにしていた筍の皮をはいで水に浸《つ》ける。皮をむくとすごくちいさくなった。先の方をちょっと食べたら辛いような渋いようなえぐみを感じたが、中はどうだろうか。

酢味噌を作って、つけて食べたらおいしかった。

すごくいい天気で外がまぶしい。

悲しみや苦しみが起こるのも、自分が願っていたことと違う現実に向かい合った際、それを受け入れられない時、自分の願望に執着している時。

4月9日（土）

今日もいい天気。じゃがいもの霜よけシートを外すのが最初の作業。

それからポット苗に水をかけてから朝ごはん。筍の酢味噌和え、辛子明太子《めんたいこ》、キャベツの玉子炒《いた》め。昨日お風呂《ふろ》仲間からもらった高菜漬け。緑色がとてもきれい。

畑の作業をして、午後は仕事。温泉に行って一日が終わる。

4月10日（日）

今日までいい天気という予報。

しげちゃんとセッセが来た。セッセは忙しいようで出かけて行った。そのあいだしげちゃんと一緒に畑の作業をする。草取りをしてもらった。見ていると、ちょっと刈ってはぼんやり考え事をして、またちょっと刈ってはぼんやり、を繰り返している。それがちょうどいいリズムなんだろうな。

暑くなったので家に戻って洗濯物を干したり、庭を一周。家の中で作業をしてたらセッセがしげちゃんを迎えに来た。

しげちゃんがいつまで生きるかわからないからできるだけ会わせてあげようと思って連れて来てくれてるんだって。それはありがとう。しげちゃんは毎回、私のところに新鮮な気持ちでやってくる。セッセが行こうと言うと、「帰ってきたの？　いつ帰ってきたの？」と必ず驚いているというから。

仕事を少しやって、外に出る。畑を見回って、庭を見る。

ルッコラの花も食べられると知ったので、チコリの葉っぱとルッコラの花のサラダを作る。ルッコラの花はルッコラの葉っぱの味がする。ピリッと辛くておいしい。

4月11日（月）

今日は雨。

ひさしぶりの雨。とてもうれしい。乾燥注意報が出るほどカラカラに乾いていた畑の土に雨がしみ込むだろう。

わらびを買った。おもしろいあく抜き法を知ったから。初めてのあく抜きに挑戦する。それは薪《まき》ストーブの灰をひとにぎり、わらびを入れたボウルに入れてお湯を注いで一晩浸けて置く、というもの。薪ストーブの灰というところがうれしい。

その話をサウナでしたら、わらびはキッチンペーパーで包むといいよ、洗うのが楽だからと教えてくれた。確かに。

で、夜。わらびを包んで大きな鍋《なべ》に入れて、ストーブの灰をひとにぎり入れて、お湯を注いだ。明日の朝が楽しみ。

4月12日（火）

朝。鍋の蓋《ふた》を開ける。冷めたお湯が真っ黒に見える。

灰とともに捨てて新しい水を注いだら今度は黄色くなった。わらびはとてもきれいな緑色。すごい。お味噌汁《みそしる》を作って食べた。

昨日の夜、パソコンがまた壊れた！ 壊れたというか、スマホの画像をパソコンに移動中、動作が止まった。画面が真っ黒になって動かない。ショック。

うーん。困った。仕事をしなければいけないのに。

あれこれ触りすぎたらいけないので、電源を切ったり、少しだけいろいろやってみる。でも変化なし。とりあえず一晩このままにする。

一晩おいても変わらないのでスマホで対策を検索していくつかやってみた。最初の方法ではうまくいかなかったけど次の方法でやったら動いた。ホッとする。また修理を頼まなきゃいけないかと思った。疲れた。

さて今日は新しい免許証を取りに行く日。車で15分ぐらいの場所。新しい免許証を受け取った。写真の大きさが前のより大きくなってる。服の色はやはり背景よりも濃い。5年後、がんばろう。

途中でいろいろ買い物をしながら帰る。

家に帰って、畑へ。ゴボウの芽が出たので畑に移植する。スプーンを使ってチマチマやってたらバッハさんが通りかかった。黄色い花を見て、「菜の花も植えたの？」と聞くので、「これは小松菜やちぢみ菜ですよ」と教える。「へー、そうなの」と驚いていた。私も知らなかったけどアブラナ科の花はみんな菜の花に似ている。

仕事をする気になれず、昼寝したりずっとぐずぐずして過ごす。夜はわらびと油揚げと鶏肉《とり》の煮物。

4月13日（水）

蒸し暑い。

畑の隅に植えていた菊芋の芽が出たので、黒い犬の畑の方にも出ているか見に行く。出ていたら移し替えたい。草がたくさん生えていた。草を刈ってみたけどまだ出ていないよう。もうすこしたってからまた見にこよう。黒い犬が何事かというようにのぞき込んでいた。

ずっと自然農の写真のレイアウト作業。夕方、空が暗くなり突然の雨。

夜はわらびの玉子とじ。

4月14日（木）

夜のうちに雨が降ったようで地面が濡《ぬ》れている。

パソコンの画面がおかしい。なにかが変化している。また壊れると怖いので今やっている作業の写真をメモリーカードにコピーしておく。


庭を歩く。

気になる木をじっと眺めては、うーんと考え込む。

この木はどう剪定《せんてい》しようか。上の方を切り詰めるか、枝を抜くか。考えれば考えるほど決められなくなる。今年はまだいいか、と思ったりして。よし！とはっきり気持ちが決まった時に決行しよう。


最近、今年挑戦しようかと考え始めたことがある。

それは梅干し作り。もともと梅干しは苦手。酸っぱいから。でもこれまでの経験で、苦手だったものも自分で作るとおいしく感じるものが多かった。

梅干し。

緊張する。ハードルは高いが、やってみようか。だったら容器を買わないと。

ずっと曇っていて、ぼんやり。仕事もはかどらない一日だった。

よもぎで作るジェノベーゼパスタもおいしいんだって。明日作ってみようかな。

4月15日（金）

朝起きたら朝もやが立ち込めていた。

今日は段ボールやペットボトルをゴミステーションに持って行く日。ペットボトル2袋と紐《ひも》でまとめた段ボールを車に載せた。行く途中の川の景色がとてもきれいだったので帰りに寄って写真を撮る。朝もやに煙る草や花。いつもと違う行動をとるといつもと違うものが見える。

今日はいい天気。外では毎日、草木がのびていき、新しい花が咲いている。クレマチス・モンタナが咲いていた。バニラのような甘い匂い。カラタネオガタマのバナナの匂いの花も咲き始め、あちこちからいい匂い。

お昼によもぎのジェノベーゼパスタを作りました。ナッツがなかったので去年作って冷凍しておいたバジルのジェノベーゼソースも使うことにした。きれいなよもぎを摘んできて、茹《ゆ》でてからすりこぎで細かくすりつぶす。オリーブオイルと塩コショウを加えたらそれだけでもけっこうおいしかった。これは使える、と思った。

スパゲティを茹でて、バジルソース、ヨモギソース、ベーコンと新玉ねぎを炒《いた》めたものと和《あ》える。バジルソースの色が暗かったので色は悪いけどわりとおいしかった。

午後。落ち葉を掃き集めたり、いろいろ。畑と庭の作業をちょこちょこと細かくやる。

4月16日（土）

朝方、ベッドの中で考えていたんだけど、昨日のスパゲティ、よもぎだけの方がおいしいかも。去年のジェノベーゼソースは粘土みたいで実はあんまりおいしくない。よもぎだけのスパゲティを作ってみたい。

さっそくベッドから飛び出してよもぎを摘む。ルッコラの花も摘んだ。今、ルッコラの花のサラダに凝っている。トッピングに使おう。

今日はいい天気。気合を入れて庭と畑の作業をやろう。

去年の4月から自分の好きなように生きる自由な人生が始まったわけだが、まだ慣れない。今までの長い期間の考え方の習慣がついているから。無理もない。何を縮こまっているのだろうと、ハッと気づくことがある。心はずっと自由でいられるのに。

まあ、ゆっくり移行しよう。

4月17日（日）

朝はとても冷え込んだ。

畑にしげちゃんたちが来た。母は壁沿いの草取りをして、私とセッセでつる性の野菜用の支柱立てをする。ここにネットを張ったらきゅうりやインゲン豆を植えられる。

すこし仕事をして、夜は満月。

夜中に目が覚めて、外を見たらすごく明るかった。

4月18日（月）

今日も仕事。あと少し、がんばろう。

4月19日（火）

ポストカードの打ち合わせ。

そのあとに仕事の続き。

いろいろな木片を最近、趣味で集めているのだが、今日はそういう木片で作ったボールペンに釘付《くぎづ》けになる。手作りの一品。木の種類は花梨瘤木《かりんこぶ》。画像をじっと見て、何度も見て、買おうかどうしようか、迷う。

今、仕事中というストレスで、今までまったく興味のなかった木製ボールペンに逃避しているのかもしれない。いや、たぶんそうだろう。買っても使わないかも。そうなるかも…。でも、買いたい。何度も眺める。

そしてついに、買ってしまった。

届くのが楽しみ。


リビングの掃き出し窓を開けたら、上からパサリと落ちてきた。何が？　そう。ヤモリ。去年もよくここにいた。ラッキーの子どもかも。もうこの季節か。冬は干物。今は生きてる。去年買った虫取り網を使ってそっと外に出す。

4月20日（水）

終わった！　やった！

自然農の写真のレイアウトとキャプション書き。さっそく送る。

これで私の現在とこれからの生き方を示唆する3冊の本ができた。現在地とこれからの方向性を示した地図だ。どこにいてどこへ行こうとしているのか。

安心してしばらくはゆっくりしよう。のんびりしたい。なんというか、仕事が終わったという気持ちだ。今までの長い長い仕事が終わった。これからの仕事は違うものになるだろう。

細い裏道を車で走っていたら、左うしろでゴツンと何かに当たった音。

きゃあ。なに？

気になる。傷がついたレベルの衝撃だった。

スーパーで買い物をする。それからホームセンターできゅうりネットを買って、ついでに果物にかぶせる袋も買った。さくらんぼが膨らんできたらかぶせよう。さくらんぼ用のはなかった。あったのは桃、びわ、ぶどう用。なので一番小さい桃用のを買った。

買い物途中の駐車場で車の左うしろを見てみる。左のうしろのタイヤのホイールに傷がついていた。これだ。なんだろう…。

畑の作業をして、ガレージの苗ポットを見て、温泉へ。

温泉の帰りに、そういえば車の後ろに当たったものを見たいと思い、その場所へ行ってみた。じっくり探してみると、道の脇に草やコンクリートの出っ張りがあって、白いはっきりとした境目よりも道に出ていた。そのコンクリートに当たったのかもしれない。うーん。左に寄りすぎていたのだろうか。でもしょうがない。ホイールの傷を指でゴシゴシしたけど傷は取れない。しょうがない。


夜は宮崎産の鯛《たい》の煮つけ。

今日、車で走りながら思ったこと。

私は、テンションが低くて明るい人が好き。

4月21日（木）

朝から雨。シトシトとした雨。

もう忙しくないので、傘をさして畑に見回りに行き、次に庭を見る。しみじみと、雨に濡《ぬ》れた草木を見て歩く。

時間をかけたものの成果は時間をかけて得られる。長い時間をかけたものから得られる喜びや悲しみは長い時間続く。

この庭、この家を建ててからもう20年になった。最初の6年しか住まなかったなあ。あの頃はバタバタしていた気がする。

過去の出来事がいろいろと蘇《よみがえ》る。中途半端で不完全で、失敗ばかりだったけど、それも今思い返せば、それしかできなかったのだ。

過去は未来に作られる。振り返って再解釈することによって過去に起こった出来事の意味は変わる。見えなかった部分にも気づく。

そういうことを思いながら、小雨の中、傘をさして庭を歩いた。


木製ボールペンが届いた！

わあ。うれしい。花梨の木。おまけの木片のしおりも入っている。ちょっと太めに作ってあると書いてあった通り、ちょっと丸っこい。少し太すぎるかな。でも書き慣れたらしっくりくるかも。木でできた手作りのボールペン。つるつるしてる。愛用したい。手帳のペンホルダーに差し込む。

雨なので、コタツでパジャマのズボンを繕う。お尻《しり》のところが擦れて破れてきたので。針と糸でチクチク繕うのは好き。なんだか落ち着く。

掃除だ。

去年、やろうと思っていた家の掃除と整理整頓《せいとん》をやろう。今日から少しずつ。

まずはロフトの拭《ふ》き掃除。それから手すりなど。30分ほどやった。やった感があって気持ちいい。

ロフトの照明の丸い頭を布でクルクル拭いている時、まるで私自身の頭がきれいに拭かれているかのような感覚におちいった。この調子この調子。

4月22日（金）

インフレを初めて実感した。というのも、いつも買っていた玉子が300円から400円に値上がりしたから。エサ代が高騰して、と書いてあった。

今日は晴れ。とてもいい天気。

明日からずっと天気が悪いようなので今日のうちにいろいろやりたい。

まずポットのレタス苗を畑に定植した。細かい作業をコツコツ。太陽に照らされてがんばる。汗が出た。次に里芋と生姜《しょうが》を植える。スコップで土を掘りながら。最後に草を刈ってその上に敷く。

温泉のサウナで手を見たら長袖《ながそで》から出ていた部分が黒く日焼けしていた。白黒くっきり線を引いたように。レタス苗を植えるのは繊細な作業なので手袋を取っていたからだ。すごい陽射しだったんだ。

最近、庭のあちこちに10センチぐらいの穴がボコボコ開いている。これは、もしかするとアナグマかもしれない。

4月23日（土）

雨。

掃除の続きをする。2階の床の掃除機とモップ掛け。子どもコーナーの棚の整理。ゲームやCDの埃《ほこり》を拭き、工作で作った作品のいらないようなのを捨てる。

雨のあいまにニンジンの畝の雑草取り。1センチぐらいの草丈なので細かい作業。

昨日、ポットのレタス苗を畑に持って行くとき、階段の最後の段を踏み外して足首がぐきっとなった。くじいたか！　とひやりとしたけど大丈夫だった。危ない危ない。ポットトレイで足元が見えなかったから。

その時に思った。私は前にスポーツジムに通って苦手な運動を数年がんばった。筋トレやリズミカルな運動はまったく続かなかったけど、ストレッチやヨガや水泳は続いた。硬かった体がわりと柔らかくなり、体が硬いのは生まれつきだと思っていたけどそれは誤解だということがわかった。硬いのはその部分を伸ばしていないからだった。前屈も前よりできるようになったし、平泳ぎやクロールも上手になった。バタフライまでできるようになった。いろいろな先生方の教えを興味深く聞いて体や運動についての知識も増えた。あの数年間にさまざまなことをやって柔軟性がついたから足首もくじかずにすんだのかもしれない。なんとなくそう感じた。

今日も庭に穴ぼこができている。

4月24日（日）

朝、今日の予報は雨だけどまだ降り始めていない。
いつものようにしげちゃんたちが来た。毎回新鮮な気分で生きているしげちゃん。今日もセッセに私のことを「帰ってるの？」と聞いたらしい。

今日の掃除は薪《まき》ストーブ。ススで黒くなっていた前面のガラスをアルミホイルに灰をつけて磨く。本体もまわりもぐるりと拭いて、今年はもうストーブの出番はおしまい。冬までゆっくり休んでください。

4月25日（月）

昨日サウナで「つばめがガレージに巣を作って、フンをよけるために机を移動したのよ。困るけどしょうがないわ」と言っている方がいて、へえ～と聞いていた。

そうしたら今朝、育苗中のポット苗に光を当てるためにガレージのシャッターを開けたら、つばめの夫婦が入れ代わり立ち代わり何度も入ってきて天井のすき間を見ていく。

これは！　巣を作ろうとしている行動では！

ツバメのフウフ
何かを
確かめているよう
シューッ
わあっ

ここに作られたら困る…と思い、急いでシャッターを半分閉めた。そしたら来なくなった。よかった。もし完全に作られてしまったら閉められなくなる。

午前中、自然農の本の打ち合わせ。まず本文や写真をいったん組んでもらって、それを見ながら細かい調整をしましょうと話す。一番大変な部分は終わったので私としてはホッとしている。

今日が最後のはっきりとした晴れの日で、これから一週間ほど天気が悪いそう。なので畑の作業をいろいろしようと思う。

まずきゅうりネットを張ることにする。幅2メートルほどの長さの支柱を4カ所、このあいだ立てた。買っておいた1・8メートル×1・8メートルのネット、4枚を持って畑へ。まず1枚の袋を開けて、わっかを横棒にさして行く。

うん？　なんか長いな。たくさん余っている。どうして？

袋を改めて見直したら、なんと、1・8メートル×18メートルだった。10倍も長いではないか。ガクリ。どうしたらいいのだろう…。とりあえずいったんネットを外して、今日はやめとく。

力をなくしたので、草刈りをする。落花生や綿の種をポットにまく。

細々としていた玄関前のポポラスに新芽が出ていた！　うれしい。

4月26日（火）

カラスがゴミをあさる様子には感心する。空中にふわりと浮かんでスローモーションで着地。目当てのものをくちばしで突いてどうにか網から取り出せないか工夫する。とても頭がよさそう。

昨日の朝は、カラスに荒らされたゴミがあった。掃除しようかと思ったけど、ちらっと見たら私の苦手な種類のゴミだったので自分のゴミ袋を置いて網をかぶせてサッと帰った。私のゴミにも生ゴミが入ってるけど大丈夫かな…と心配になり、30メートルほど離れた草地から見ていた。カラスはさっそく私のゴミに目をつけている。近づいて網の上から突つこうとしている。ああ…私のゴミをばらまかれたらさすがに行かなきゃ。気をもんでなおも草地から凝視する私。網をはぐことがカラスはできるのかな。

そこへ、8時半という時間が押し迫ったせいか、あっちからこっちからおふたりもゴミ袋を捨てにやってきた。その中の灰色のジャージの男性がさっきの荒らされたゴミを備えつけのほうきと塵取《ちりと》りでササッと集めて掃除された。すばらしいお方だ。ありがとうございます…。私のゴミも、次からはもっときちんと袋をしばって、絶対にカラスにばらまかれないようにしなくてはと固く心に誓う。これから暑くなるからね。

庭を一周。

このところの雨で、ものすごく葉っぱがのびた。すごいスピードで空間を覆っていく。まるでタイムラプス。恐ろしい。

でも花もたくさん咲いている。リビングの裏窓の白いモッコウバラに初めてたくさんの花が咲いた。シュートを切らずにのばし始めて3年で。香りもよくて感じもいい。葉っぱが茂ってきたのでまた針金で誘引しなくては。

さくらんぼの実が膨らんでいる。そろそろネットか袋をかけよう。丁字草の涼しげな青い花も咲いている。

ふだん室内スリッパは使わないのに、そのやさしい色合いに思わず衝動買いしたふわふわスリッパ2足。もうしまおうと思って、クローゼットへ。

どこにしまおうかと考えてとてもいい方法を思いついた。ハンガーで吊《つ》り下げられた服の下に靴のように履くタイプの室内履きがあった。それも使わないけどなぜか持っていたもの。その中にスリッパを裏合わせにして入れたら汚くない。これはいい。スッキリおさまった。

で、最後にこの靴のような室内履きのタグをふと見たら、桐灰化学株式会社と書いてあった。なんとなく気になって調べてみたら、「足の冷えない不思議なスリッパ」1580円というのだった。すごい高価じゃん。いつ買ったの？ 前に買ったんだね。いいと思って。忘れてた。よさそう。今度使おう。

本日の、「よし、ここやろう」と気が向いた掃除場所は、木製ブラインド。仕事部屋から始めよう。湿らせた布で一枚一枚拭《ふ》いていく。高いところは脚立に乗って。3枚やったところでヘトヘトになり、今日は終了。

やはり1枚1枚拭くのは大変だなあ…。ブラインドを閉めて一気にざっと拭いてもいいかな。そうすると重なった部分が拭けないけど8割がたは拭ける。次からはそうしよう。

午後、モッコウバラを誘引する。

夜、早く寝たら夜中に目が覚めて眠れなくなった。まったく眠くない。それでしかたなく起き出して台所へ。いろいろやっているうちにシンク掃除までやってた。

4月27日（水）

雨のあと曇り。

庭を歩く。青と白のアヤメが清楚《せいそ》な雰囲気。

夜中に棚を拭きながら考えた。

埃《ほこり》は毎日毎日少しずつ積もっていく。草木は毎日毎日少しずつのびていく。私がここで長く快適に暮らしていくためには、埃を取り続け、木を伐り続けなければならない。毎日少しずつやるか、ときどき一遍にやるか、やり方はいろいろだけど。
毎日毎日降り積もる埃。毎日毎日のびていく草木。毎日毎日それらに対処する住人。埃とも草とも共に生きているのだ。

夕方、温泉に行ったらあの青いシャツの方がお花の苗をくださった。今日庭の手入れをしていて掘ってきてくれたそう。黒い実が生《な》るよ、というので楽しみ。
家に帰って調べたら、それはヒオウギだった。もしかすると庭のヤマモモの木の下に群生してるあれと同じかも…。でも黒い実は見たことがないので違うかも。それとも今まで黒い実に気づかなかっただけかも。

まあどちらにしても花が咲いたらわかるか。

小松菜もいただいたので小松菜の煮びたしを作る。最初に小松菜を茹《ゆ》でてから作る手順を最近知ったのでそれで作ってみた。わりとよくできた。

4月28日（木）

今日は叡王《えいおう》戦五番勝負第一局。開催場所は神田明神《かんだみょうじん》。前に行ったことがあるよ。懐かしく思い出す。角の甘酒屋さんで甘酒を飲んだっけ。

中継を見ながらこまごまとした作業。たまに庭や畑を見に行く。えんどう豆の育ち具合。ガレージの苗ポットの様子も日に何度もチェックする。

さくらんぼはまだ赤くなってないのにすでに鳥についばまれている。これはまずい。網を4枚もさくらんぼの木にかけた。飛び出たところには桃の袋をかぶせる。

夕方、藤井叡王が勝った。

夜はのんびり。今朝は早く起きたので早めの就寝。

明日はまた雨。

4月29日（金）

すごい雨と風。

でも午後になってやんできた。

ホームセンターに育苗土を買いに行く。きつい感じの売り場の女性にひるみつつ、会計する。この人は苦手。

落花生とトマトをトレイの狭い場所からひとまわり大きなポットに移植する。強い風で倒れている苗もあった。少しやったら疲れたのでやめる。慣れていないのでこの作業はとても疲れる。

畑では強風でじゃがいもが倒れていた。人参《にんじん》の畝の草を取る。

カーカがこの春、転職して引っ越すというので電話でちょっと話す。夏にでもまた3人でどこかに行こうよ、とも。

梅干し作りのことを時々考える。そのたびに緊張する。できるだろうか。

4月30日（土）

いい天気。朝一で洗濯機を回す。

今日はどうしてもきゅうりネットを張らなければ。そしてつるがのびはじめたインゲン豆を植えなければ。がんばろう。問題は18メートルのネットをどうやって2メートルの幅に張るかだ。切るしかないか。でもとても糸が細いので大変そう。

そう考えながら早朝の畑を見に行く。昨日、草刈りをしていて間違えて茎を切ってしまった絹さやが萎《しお》れていた。悲しい。ひとつ、実がついていたのでそれを手でちぎる。その瞬間に思い出した。そういえば昨日も、スナップエンドウをひとつ、採ってポケットにいれたなあ。あれどうしたっけ。洗濯機の中かも。一時停止して取り出そう。

急いで家に帰って見たらまだスタートボタンを押していなかった。よかった。ポケットをさがす。スナップエンドウがあった。よかった。

萎れた絹さやと救出したスナップエンドウを小皿に並べる。

気合を入れてきゅうりネットを張りに行く。

まず上の棒にネットの輪っかを通す。18メートルもあるので最後が余る。2メートルぐらいのところでハサミで切った。切り方が難しい。左右を紐《ひも》で結んだらピンと張ったところとゆるゆるのところができてしまったけどしょうがない。最後に下をピンで土にさす。ひとつやったらクタクタになった。気がひるんだけどがんばってやろう。上の輪っかを束ねている紐は横棒に通すまでは絶対にほどかないように、と知っていたのに、見るといつのまにかほどけていた。しまった。すこしもつれてしまい、そのせいで時間がかかった。でもどうにか4つ、やり終えた。最後の方はちょっと上手になった気がする。それでも町いちばんのへなへなネットかもしれない。次から何か買う時は長さをちゃんと確認しよう。

2/14 レンギョウの枝にとまって鳴く練習

2/10 山茶花とブルーベリーの花が!

2/21 これは…?

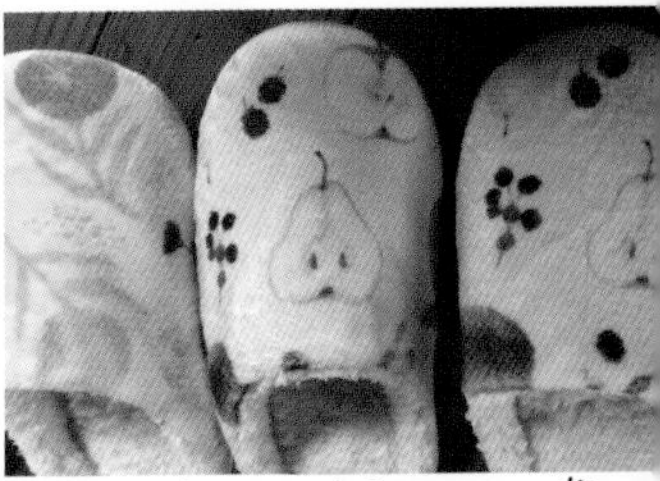

2/16 洋ナシの顔がちょっと悲しそ

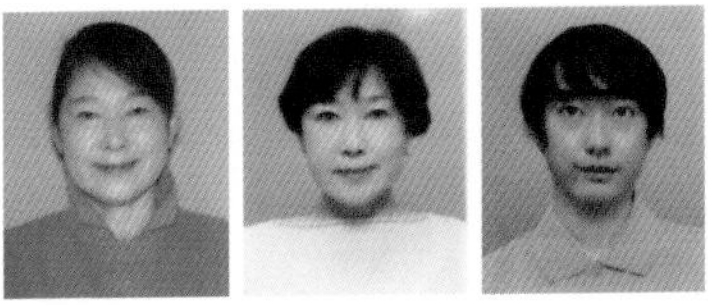

3/3
今回、服の色が濃くて、顔もパッとしない
5年前の私。服の色が薄い!
去年のサクの。わりと成功してる

2/27 クレソンの辛子和えとせんもとの黄身

3/11 ルーツポーチ。これ以外にもまだガレージにある

3/9 メジロ、こっち見た。

金柑の甘露煮

さつま芋を温泉の蒸気でむす

どうにか終わった

3/17 枝をチェーンソーなどで切る

3/19 最近のコレクション

3/18 護摩供、感動しました

色いマンサクの花が池の色に映える

3/24 おにぎらず、豚みそかな.

4/4 雑巾や手袋を洗った

3/25 桃の花がふわっと満開

4/15
バジル&よもぎ

すりこぎで
すりつぶす

よもぎ

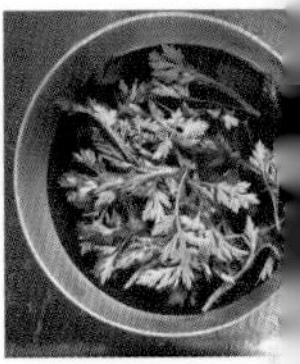

4/16 →
よもぎだけの
スパゲティ

4/26 白いモッコウバラ、咲きました

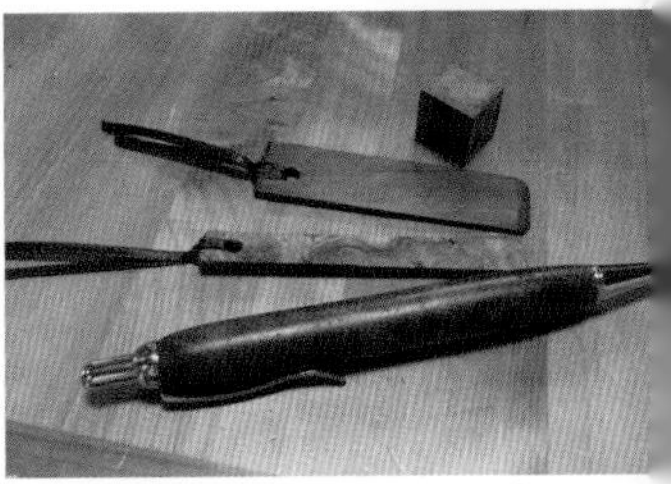

4/21 花梨のボールペン

4/30 絹さやとスナップエンドウ

スッキリおさまった

5/3　サクと。遠くに桜島

さくらんぼ、
これだけできた

花びんの
クレソンに花が

5/5　さくらんぼの枝を誘引する

5/4　畑の作業を手伝ってもらう

5/9　豆ごはん

サヤから出す

えんどう豆

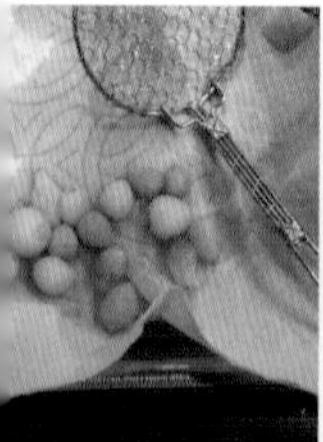

素揚げしました

小さな白い丸

たまねぎとニンニクを収穫

5/15 取り巻き軍団に追加

5/10 ピンクのバラと矮性の藤

そこでお弁当を食べた

5/17 好きだった場所

桑の実を集めました

5/20 剪定中

5/23 アナグマ対策に枝を刺す

5/22 インカのめざめ、3個

5/24 すばらしくかわいかった ミヤマキリシマの点々

5 籾保存缶を買った、大きすぎたか

頂上には雲が、暗くなってきた

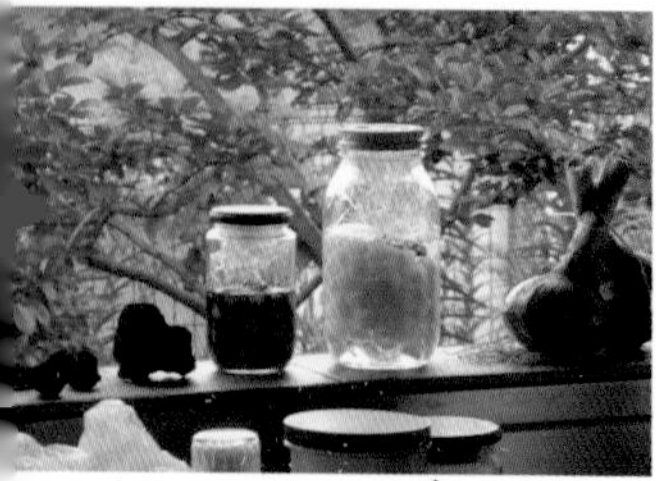

5/31 らっきょうを漬ける

ルッコラの花を散らしたカレー

6/5 「南関あげ」とは?

6/2 段々畑ができた

じゃがいも掘り上げました

6/8 ザクザク感あり!

6/10 色とりどりの小さなじゃがいも

6/9 みごとな ドウダンツツジ

6/14 ポンクッキーや カステラを食後に

6/12 丸い花のつぼみ

もらった紫陽花を挿し木

6/17 梅エキスを作りました　完成品

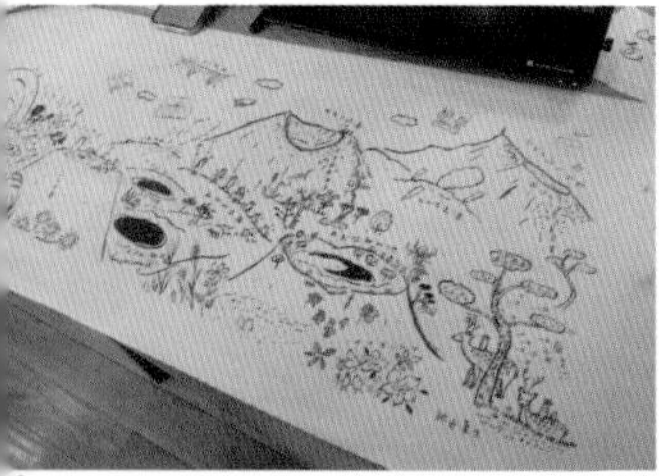

6/23 手ぬぐい用の絵、いい感じ.

6/18 生きている生け花。

28 トウモロコシの根にみとれる

6/24 じゃがいもの実、初めて見た

木のふしのバリを取って並べていく

6/29 梅干しの天日干し

5月

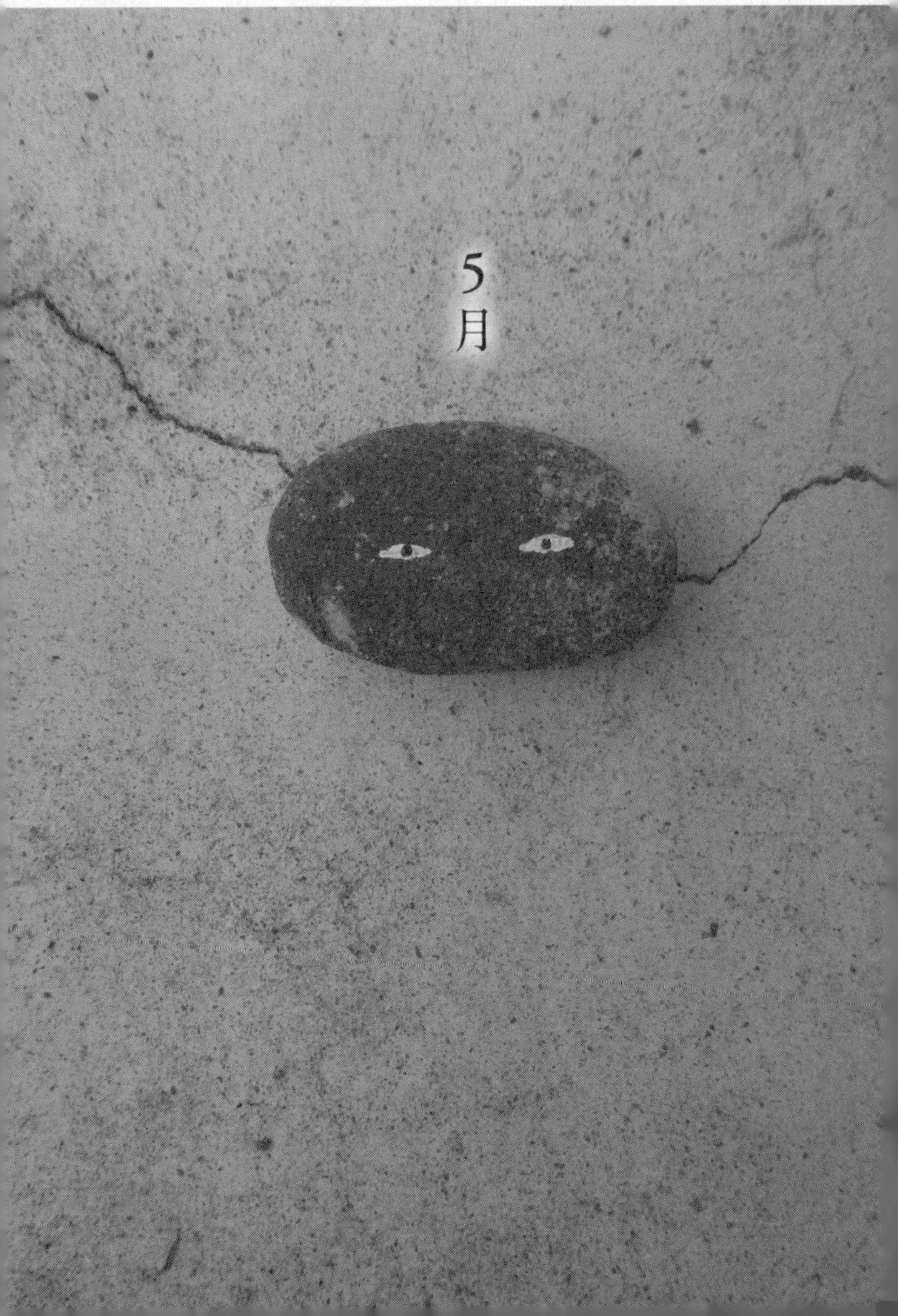

5月1日（日）

ゴールデンウィークだってことを考えずに道の駅にちょっと行ったらすごい人。駐車場が空いてなくて中を2回ほどグルグル回った。車を停めて急いで行って用事を済ませてサッと帰る。用事は平日にしなければ。

畑にトウモロコシの苗を植え付ける。トウモロコシの種をなぜ買ったのだろう。トウモロコシやスイカやカボチャなんかはたまにしか食べないから別に自分で作らなくてもよかったのにと思う。ふだんちょこちょこ食べる、きゅうり、なす、トマト、ピーマン、オクラ、レタスなんかは重宝するから作りたいけど。

今日はサクが帰ってくるから空港に迎えに行く。空港の入り口が混んでなければいいが。

無事に到着。空港の駐車場はほぼ満杯で、いちばん遠くのブロックに車を停めて待った。

家に帰って一緒に庭と畑を見る。庭は緑があふれ、カラタネオガタマのバナナの匂いが漂っていた。

5月2日(月)

今日は、サクはリモートワーク。

私は畑の作業。インゲン豆とカボチャの苗を定植する。カボチャの苗はまだ双葉が出たばかり。これで定植してもいいのだろうか、わからないまま。

夕方、いつもの温泉に行ったら思いのほか人が少なかった。

5月3日(火)

サクが中古のギターを買いたいと言うので一緒に隼人町《はやとちょう》のリサイクルショップに行く。ついでにいらないギターを売ったら1000円で売れたと言って喜んでいた。欲しい感じのギターはなかったそう。電気屋で扇風機を買って、さつま揚げ屋でさつま揚げを買って、近くの砂浜へ。

さっきまで暑くてどんよりしていたのに海水浴場の駐車場に車を停めて階段を駆け上がって海が見えたとたん、涼しい風がサーッと吹いてきてハッとする。

この涼しさ、すがすがしさ、すごい。桜島が青く見えて、錦江湾《きんこうわん》が水色に広がる。

焚火《たきび》の炎と海の潮風は、人間に本能的なやすらぎを与える…と思いながら砂浜をあるく。あちらこちらで子ども連れの家族が砂で遊んでいる。潮だまりを見るとカニや貝が動いてる。

気分よく駐車場に戻ると、とたんにさっきまでの暑い町の世界へ。

海は別世界だった。

5月4日（水）

今日もいい天気なのでサクに畑の作業を手伝ってもらう。

私はじゃがいもの土寄せ。じゃがいもを密に植えすぎたかもしれない。茎が上に長く伸びていてなんとなく変だ。土寄せするのも間隔が狭すぎて難しかった。やはり密に植えるのはいけなかったなあ。もともと畝が高かったのであまり土を寄せられず、なんとか数センチぐらい土寄せできた。根元に山型に土を寄せてポンポンと手で叩《たた》く。まるで肩を叩きながら「がんばってね」と励ましているような気持ちになった。

サクにはモグラ除けの波板を土に埋めてもらった。ブロック塀沿いの左右、2カ所。スナップエンドウがうまく育たなかったのはモグラの穴が下を通っているせいかもしれないと思ったからだが、これだったらもぐらは脇の方から入ってこれるなあと完成してから思った。まあ、いいか。

暑くてヘトヘトになってスイカを食べる。しげちゃんとセッセがサクに会いに来たのでしばらくしゃべる。

夕方、近所の温泉ホテルの温泉へ。行ったことのないところへ行きたいと言うのでそこにした。人も少なくゆっくり入れたけどサウナがないので少々時間を持て余す。

夜は畑で採れたえんどう豆で豆ごはん。

5月5日（木）

朝、サクを空港へ送っていく。帰ったら「イヤホンを車内に忘れたかも」とラインが。探してみたらあった。「あったよ。送ろうか」と伝えたら、「ついでにヨーグルッぺとかも」と。

疲れたのでしばらくぼんやり。乱れたペースをゆっくり元にもどそう。

午後。さくらんぼの木の枝の剪定《せんてい》と誘引作業。鳥にたくさん食べられたので、高い枝や遠くの枝を短くして作業しやすいようにしたい。ひとつひとつの枝を紐《ひも》でひっぱって地面に近づける。黙々ととても熱心にやった。それほどまでにさくらんぼを食べたいのかと自分に問いたいほどの集中力だった。

さくらんぼの木と私

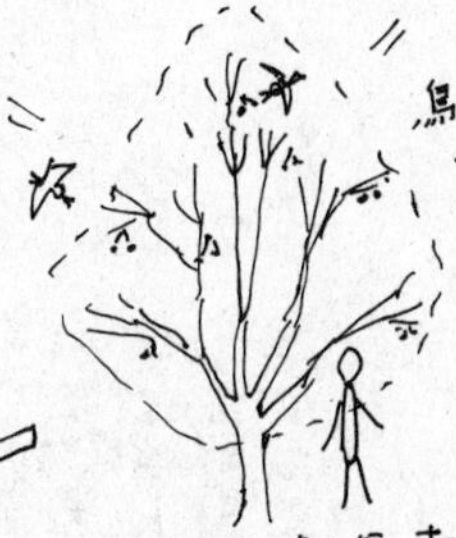

鳥が
たべてる!
高さ
5メートル
ぐらいか

すごく大きくなったので
さくらんぼにとどかない

よし!

2022年1月

上の方、のこぎりで切りました

4月　花が咲き、
さくらんぼの実が
ついた! わーい

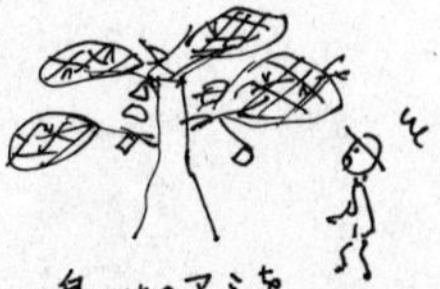

鳥よけのアミを
かぶせたけど
役に立たず、
全部、食べられてしまった…
ショック
袋をかけたところは
大丈夫だった。

で、
届かなかった
枝の先を切って、すべての枝を
ヒモで地面の方へ
誘引しました。

必死に
なって…

すべての枝に手が届くようになった。

来年が楽しみ…

袋をかぶせよう

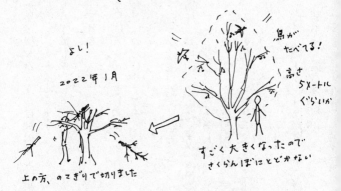

来年が楽しみ。来年は網でなく、実ごとに袋をかぶせよう。

畑の作業も少しして、いつもの温泉に行って、早めに就寝。

5月6日（金）

今日は曇り。ひさしぶりで落ち着く。

今日はのんびりすごそう。

YouTube に新刊案内の動画をアップしないと…と思いながら時が過ぎている。

実は3月に山伏さんによる護摩供を見てから、「ご縁のある人に自然に出会えればいい」という心境になってしまい、「自分から広く伝える」ということをしたくなくなってしまった。なので動画を録《と》る気持ちになれず…。せめてそのことを伝える動画を録ろうと思っても、思っても、なぜか磁石のN極とN極、S極とS極が反発するように、どうしても近づけない。

忘れていたけど今日は将棋を観る日だった。王座戦。藤井竜王対イケメンの大橋《おおはし》六段。結果は大橋六段の勝利。

いちばんおもしろかったのは解説者の福崎文吾《ふくさきぶんご》九段。初めて拝見したのだが、そのしゃべりのおもしろさやかわいらしさに釘付《くぎづ》けとなる。いつもなら解説の音を消して他の作業をしながらチラチラ観戦したりするのだけど、あまりにもおもしろくて一言も聞きもらしたくなかった。他の解説者の方と入れ替わりながらの解説なので、今は違う人だからとうっかり音を消していて聞き逃した時はとても悔しかった。佐藤天彦《さとうあまひこ》九段のことを「なんか未来から来た人みたい」と表現した時は思わず笑った。それ以外のところでも何度も声を出して笑った。

5月7日(土)

天気がいいので畑と庭の作業をする。植えられそうな苗を植えたり、チェーンソーで枝を切ったり。

備蓄、備蓄と世間が騒がしいので、なんとなくぼんやりといろいろ買ってしまった。25キロの味噌樽《みそだる》、一升瓶の醤油《しょうゆ》5本、砂糖と塩。

うーん。これって意味があるのだろうか。備蓄して数カ月生き延びてどうなるだろう。私はもう人生でやりたいことはやったから、大変な思いや競争をするぐらいなら静かに次に移行したい。若い世代にバトンタッチだ。

鯖缶《さばかん》、鯖缶というけど、鯖缶はあんまり好きじゃない。でも6個ほど購入。

5月8日（日）

おもしろいと聞いたので今日から読み始めたSF小説「プロジェクト・ヘイル・メアリー」。すごく楽しみ。

日曜日なのでしげちゃんたちが散歩のついでに家に来た。庭を2周して新しく咲いた花を見る。青と赤紫のクレマチスなど。

ベニバナトキワマンサクの剪定を昨日したら、8センチぐらいのトックリバチの巣が枝にくっついているのを発見した。それも見せてあげる。どうしたらいいか…と困っていたら、セッセがあとで取ってあげると言ってくれた。

午後、セッセが完全武装でやってきてトックリバチの巣ごと枝を切って捨ててくれた。よかった。

5月9日（月）

えんどう豆を収穫して豆ごはんを作る。おいしい。豆ごはんは大好き。

庭作りの先輩、すずみ先輩から電話がきてこれからマンゴーを持ってきてくれるという。

待っていたら来た。庭を一周しながら庭の現状を見せる。

マキタの電動のこぎりとミニバリカンを持ってきてくれてて、それぞれの使用感を試させてくれた。なるほど。そしてミニバリカンが私には丁度使い勝手がいいとわかった。とても助かった。

思いつく大事なことをひとしきり話す。旦那《だんな》さんはもう車で待機。

またシナノキの花の匂いを嗅《か》ぎに行くねと伝える。6月かな（今年は花が咲かなかったそう）。

たまねぎとニンニクを収穫。なんとどちらも2センチほどの極小。どちらももともとの種球根が弱かったからなあ。皮をむくと小さな白い丸になった。素揚げしてつまみにペロリ。

5月10日（火）

マキタのミニバリカンを注文する。

庭の木の剪定の続き。カラタネオガタマの木を半分剪定したらスッキリしていい感じ。

ピンクのバラと矮性《わいせい》の藤が咲いてるのを発見した。外側に向かって咲いていたので気づかなかった。ザッと切り取って家に飾ろう。

畑に草を敷く。

枝豆の芽が出ている。オクラの新芽がかじられている。さつま芋はようやく待ちわびた芽が出てきた。じゃがいもはすごくよく伸びて、セッセが「バカ（つるボケ）に違いない」という。

仕事部屋の西の窓。

となりの家が見えるのでブラインドを閉めっぱなしにしていた。そこを開けるために木の葉で覆いたくて植えたビワとヤマボウシ。ビワの木がのびてきたので紐《ひも》でひっぱってすこし葉がのぞくようにした。いい感じ。

5月11日（水）

今日は雨模様。

昨日、切り取ってテーブルに飾ったバラと藤。とてもきれい。なのにその藤の花の匂いがとても変な匂いで、我慢できずに藤だけ抜いて捨てる。普通の藤の花はとてもいい匂いで好きだけど、これはたぶんアメリカ藤という藤。

朝いちばんにガレージの苗ポットをよく見て育ち具合を確認する。これが毎日の楽しみ。落花生の新芽を見るのがうれしい。大きな実が割れて中から畳まれた扇子が開くように葉っぱが出てくる。

それから燃えないゴミを捨てに行く。そのまま畑へ。昨夜の雨で草が濡《ぬ》れている。ズッキーニ、かぼちゃなどの芽を見てまわる。小さく齧《かじ》られているとむむっと考え込む。何かな…。

昨日に引き続き、グミの木の太くなった枝の剪定《せんてい》をしていたら、一段下がった脇の道を歩いていた方が下から「この花、なあに？」と聞いてきた。

「これは藤の花なんですけど、矮性で、たぶんアメリカ藤っていうんです」

「きれいねえ。めずらしいわね」

畑で作業していたらバッハさんが通りかかった。

「トウモロコシも植えてるの？　楽しみね〜」と。

近ごろまた芸能人の自殺が続く。渡辺裕之《わたなべひろゆき》も上島竜兵《うえしまりゅうへい》も意外だったので驚いた。

午後。

雨が沁《し》み込んでいた窓枠の修理の下見にやっと来てもらえた。気になっていたのでよかった。いつもの立山《たてやま》さんと窓枠の業者さん。同じタイプの木の窓枠が3つあるので、それらを全部アルミに作り替えてもらうことにした。これで安心。やはり木製品は長持ちしづらいのがよくわかった。20年たったのだからそういうものなのかな。ついでに雨どいのつなぎ目やアリの道など、気になってることをいろいろ伝えて修理できるところはしてもらった。助かる。

1階のトイレと洗面台シンク、キッチンの水栓器具の相談もする。トイレはちょっと流れが悪いのが気になるので新しいのに取り換えたい。洗面台シンクは高さが低くて腰に負担がかかるので四角い置き型のに替えて高さをだしたい。キッチン水栓はタッチレスにしようかと。

夕方、温泉へ。

今日のサウナでは既婚者ふたりがさかんに「男は弱い!」と力説していたのがおか

しかった。どこが痛い、ここが痛い、血が怖い、だのなんだのとうるさいらしい。
微笑ましく聞く。

5月12日（木）

昨日、奄美《あまみ》地方は梅雨入りした。ここもそうかも。雨なので家仕事。幻冬舎のネッ

トマガジンにのせるための「ひとりごはん」のQ&A。
あれ〜。しゃべるのは簡単だったのに書くとなると結構むずかしい。うんうん唸《うな》りながら迷いながら書く。

　剪定のことは引き続き考慮中。この枝を切ろうか、この木の高さはこれでいいか、低くするか、ブルーベリーの葉が茂ってきたけどどうしようか。庭をぐるぐる歩いては、考える。
　雨が降る時は家の中のブラインドのすき間から、じっと、スパイのように眼光鋭く観察し、これからの剪定計画を練る。

5月13日（金）

　今日は一日中どしゃ降りの予報。なのになんだか外に出たい。買い物に行って舞茸《まいたけ》と石けんを買い、帰りにヨッシーさんの家に寄る。昨夜食料危機の動画をたくさん見たせいでそのことについ

食料を人々と
あらそうような世界になったら、
私はもう
しぬわ
もういいの、
もう充分生きたから…

て話す。

お米の備蓄、調味料、服（服はもつからおしゃれにこだわらないなら一生分あるね）、靴（靴底は劣化するよね）などについてひとしきり話し、「はい。これで食料危機を考える時間、終わり！」と最後は笑って、菜園のレタスを数枚もらって帰る。


午後、印刷所さんが来られて、ポストカードの細かい部分の修正のチェックをする。1ミリ下へ、2ミリ右へ、などミリ単位でどうしても気になる部分を。よし、と思えたら完了。

5月14日（土）

今日からしばらく雨が降らないようなので外の作業ができる。

朝一で畑の見回り。小かぶを間引いたら5ミリぐらいのかぶができてた。洗って食べたらかぶの味がして「おお」と思う。

外の洗い場で大根の間引き菜を洗いながら、ふと昔の友人のことを思い出し、その友人が結婚して旦那《だんな》さんに言われたという言葉も思い出し、人って、だれだれと出会って、結婚したりして、これこれこういう人生を歩んで、ああなってこうなって…っていろいろあるけど、結局人生というのは、その人の中で自分との折り合いをつける作業なんだよなあ…と思った。

完全装備で畑へ。世界情勢も気になるけど今日はトマトを植えなければ。

5月15日（日）

畑に朝の見回りに行ったら、昨日植えたトマトやキュウリのまわりがたぶんアナグマに荒らされてめちゃくちゃになってた。ミミズを探したのだろう。ショック…。余っていたトマトの苗を補植する。たくさん余っていたのでよかった。

今日は叡王戦第2局。

しげちゃんたちが来た。セッセは10時になるといつものようにバナナを買いに出かけた。そのあいだしげちゃんと庭を散歩しようとしたら雨がポツポツ降っていたので渡り廊下を行ったり来たりする。

サクから母の日のプレゼントが届く。亀の甲羅に苔《こけ》が生えてるミニ盆栽。

今、私の定位置のハンモック椅子に座った時、猫や鳥や象の植木鉢が私の方をじっと見ているように並べている。同じように私をじっと見ているように見える場所に置いた。写真を撮ってサクに送る。取り巻き軍団に追加したよ。「いいね」、だって。

5月16日（月）

朝、畑を見に行ったら、またトマトの畝が荒らされてた。ショック。苗のまわりに敷き詰めてる草がいけないのかもしれない。雨で湿ってミミズがたくさんいるから。で、草をよけて、また苗を補植する。2本。今日は何か対策をしようかな。まわりを囲うとか…。

5月17日（火）

昨日、トマトのまわりにネットを張ったらトマトは大丈夫だったけどきゅうりが荒らされていた。今日はきゅうりを囲わなくては。

でも、今日はハイキングの日。

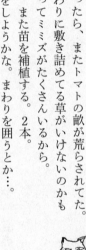

高千《たかち》穂《ほ》河原《がわら》のミヤマキリシマが見ごろなので写真を撮りに行くというヨッシーさんに昨日誘ってもらった。豆ごはんのおにぎりを作って、9時に出発。

最初に鹿ヶ《しかが》原《はら》という群生地に向かう。途中にある霧島神宮古《こ》宮址《ぐうし》でなにか神事をやっていたのでしばらく見る。おごそかな雰囲気で大きな石の上にお供え物が並んでいた。

林の中を20分ほど歩いたら鹿ヶ原に着いた。

視界が急にパッと開けてミヤマキリシマが広がっている。おお。すごい。でもまだ6分咲きぐらいかな…。一周して、次は中岳中腹探勝路《なかだけちゅうふくたんしょうろ》へ。いくつかのコースがあり、右の道がきれいだというのでそっちを歩く。すると、ものすごくきれいだった。

私がいちばん気に入ったのは小高い丘のようになっているてっぺんで、ベンチのわきに白い花の咲く木があって、右を見ると高千穂峰、左には中岳が見えるという場所。

ここは平和な別天地。まるで天国のよう。そこからしばらく歩いたあたりも、「ここもあそこも素晴らしい」と興奮した。他に人がいなかったのもよかったのかもしれない。

花に囲まれた穏やかな斜面をゆっくりと下り、花の色や木の形、山や空を眺めた。

たまに人とすれ違う。こんにちはと挨拶《あいさつ》。

満足して、充実感いっぱいに帰途に就く。

帰りに温泉へ行こうと、いつもの硫黄《いおう》の匂いのすごい新湯《しんゆ》温泉へ向かったら定休日。

それで、初めての温泉へ行った。田んぼの中の加久藤《かくとう》温泉。とても古い建物だったけど中はこざっぱりとしていた。歴史を感じさせる石造りのぬるめの温泉へ浸《つ》かる。ゆっくりしたかったけど私がアナグマ除《よ》けのネットをかぶせないといけないと言ったので急ぎ気味に出る。ヨッシーさんちの菜園のレタスと大根をまたいただいて帰る。

家に帰ってトマトにネットをかぶせて、きゅうりも囲った。さて、どうだろう。

5月18日（水）

今日は…、とドキドキしながら畑へ。

クルクルと一周。うん。大丈夫そう。トマトもきゅうりも倒れてない。

昼間、じっくりと、より完璧《かんぺき》に、周囲に小枝などを突き刺す。

5月19日（木）

今日はトイレと洗面シンクを新しく交換するための下見に来てもらう。カタログを見て、シンクや水栓器具を選ぶ。棚の張り出しなどがあるので選択肢は自《おの》ずから狭められる。これがいいかなあというのを選んだ。

洗面台のメラミン化粧板のカタログをお借りする。いつのまにかいろいろな種類が増えていた。選ぶのが楽しみ。水に強くて好きな感じの板がたくさんあった。白っぽい木のタイプがいいなあ。

キッチン水栓はまだ替えないことにした。壊れたら考えよう。

そして今、ついでにと外塀の端っこの木を切ってくれた。

剪定《せんてい》のノロさんが通りかかって、明日剪定に来ましょうかと言うのでお願いする。

「明日は、朝、早くていいですか？」と聞かれた。

「何時…？」

夏は5時に来てたけど、今はまだ5月だからまさかね。

「5時はどうですか」

「ううう…」

「じゃあ、6時は」

「6時に！」

ということで、6時に来てくれることになった。朝5時50分に目覚ましをかけとこう。寝る時に明日の服を着て寝ようか。明日の朝と昼のご飯を準備しなくちゃ。

急に忙しい。

午後3時。

幻冬舎のネットマガジン用にひとりごはんの本のズームQ&A。カレーやおやつについて熱心に話す。写真に写ってるものすべて、皿の位置や角度、写り込んでいる周囲のもの、その割合、どれも正確に私の嗜好《しこう》を反映している、ということなど。すみずみまでがメッセージ。

夕方また温泉へ。サウナでは、いつも夕方のこの時間に会うことの多い3人で気楽に話す。水玉さんとののんびりとした雰囲気ののんびりさん。

おにぎり2個、豚汁、大根と豚肉の煮物の残り。これで明日の朝と昼のごはんができた。

5月20日（金）

朝早く起きなくてはとあまりにも緊張して、3時半に目が覚めてしまった。そしてそのまま眠れず、第3次世界大戦はもう始まっているという動画を見たらますます眼が冴《さ》えてしまった。朝までずっと起きていた。

5時半に着替えて、畑を見に行く。今日もアナグマの被害はなし。苗ポットに水をあげてたらノロさんが来た。

隣で指示しながら東から庭を反時計回りに剪定を始める。桑の木がのびていたので切り詰めてもらった。桑の実が生《な》っていたので枝から千切ってザルに入れる。これでフルーツビネガーを作ろう。丹念に切り進み、昼前、ポツポツと雨が降ってきた。

ああ。昼過ぎから雨という予報だったが、もう降り出したか。しょうがないので続きはまた今度。「来週になるかも」とのこと。

傘をさして、剪定の終わった木々をゆっくり見て回る。

さっぱりと枝抜きされてここはよくなった。ベニバナトキワマンサクの好きだった枝ぶりがなくなって残念。このドウダンツツジはあとでゆっくり剪定しよう。あ、このゆきやなぎはバッサリと半分ぐらいに切ってもらおう…、などと考えながら。

塀の外のバラが咲いていた。毎年きれいに咲く赤いバラ。よく見ると青虫がいた。よく見る虫だ。花を摘んで、葉っぱを取り除いて、水を張ったボウルに入れて、しばらく外の水場に置いておく。そうしたら小さな虫なんかが飛んでいくかもと思うから。

そして台所の窓辺に飾る。

ヨッシーさんが青梅を2キロ持ってきてくれた。ササッときてササッと去って行った。きれいな青梅だ。梅シロップと発酵梅ジュースを作ろう。

畑から前に苗をもらって植えたニラを採ってきた。夜は豚キムチにしよう。

温泉へ。今日は人が少ない。サウナでは私と水玉さんだけ。外の浴場にもだれもいない。雨だからかな。

5月21日（土）

昨日は疲れたので今日はのんびりしたい。

買い物に出て、いくつかの店で日用品などを買って来よう。麻ひも、梅シロップ用の氷砂糖、おいしいチーズ饅頭《まんじゅう》など。

畑に見回りに行ったら、なんと！　今までで一番大きな穴が開いているではないか！

ううう。ボコボコと。足で土を寄せて穴をふさぐ。トマトの苗が1本、地面に飛び出して倒れていた。埋め戻す。アナグマはどこから来るのだろう。道路かもしれない。そしたら畑に囲いをしても無駄かもなあ。道路からは筒抜けだから。

買い物6ヵ所。

まずホームセンターで麻ひもを買う。次に道の駅でなにかないかな…と見て、えんどう豆と岡ワカメを買う。それからパン屋さんでお昼用のパニーニ、2個。そしたら焼きたてのおやきパンをおまけしてくれた。このあいだもそうだった。うれしい。

次に、お菓子屋さんへ。そこは小さなお店で、前に馬場さんが登山のおやつにくれたチーズ饅頭のお店。先日のミヤマキリシマのハイキングでもヨッシーさんが持ってきてくれて、やはりすごくおいしかったので、初めて自分で買いに来た。

私はチーズ饅頭はそれほど好きというわけではないけど、そのチーズ饅頭は人生で一番おいしいと思ったチーズ饅頭だった。小ぶりで、表面がクッキーのようにサクサクしていて。

ここか。営業中という旗がなかったら通り過ぎてしまったかも。店内に入ると、ガラスケースにほんの数種類のお菓子がポツンポツンと並んでいる。素朴でとても感じがいい。チーズ饅頭を5個買う。「知人にいただいて、今まで食べたチーズ饅頭の中で一番おいしいと思いました…」と話したら、奥さんが1個おまけにつけてくれた。

それからスーパーで食料を買って、ドラッグストアでティッシュペーパーなどを買う。

あちこち行ったのでとても頑張った気がする。

5月22日(日)

今日はすごく暑い。

畑で作業していたらしげちゃんとセッセが来た。じゃがいもの「インカのめざめ」の葉が黄色くなってきたので試しにひとつ、掘ってみた。小さいのがいくつか。まだ早かったか。こぼれ落ちた小さいのを3個だけ拾って、もう一度埋める。

セッセがいつものようにバナナを買いに行き、私はしげちゃんを畑の椅子に座らせて草取りなど。しばらくしたらとても暑くなったので一緒に家に戻って水を飲んで涼む。

午後、陽射しは強いけど、もうキュウリと落花生の苗を植えないといけないなあと思い、植える。小さなポットの中で根がぎゅうぎゅうに回っていた。

アナグマは道路から来ているようだったので鉄のトレリスをいくつか横長に置いてみた。これでどうだろう。

5月23日（月）

朝6時。ぐっすりと寝ていたら電話が鳴った。寝ぼけまなこで出ると、剪定《せんてい》のおじさんだった。「今、外に来てます」という。あら！

「来週になるかも」と言っていたのは今日のことだったのか。あわてて扉を開ける。

ついでに気になる畑へ向かった。

ああ。ボコボコに穴が開いている。特に畝の肩のあたりが大きい。トマトの苗を植え直したり、穴を足で埋める。うーん。

私は剪定の様子を見たり、畑の作業をしたり、あちこち動き回る。おじさんは昼ぐらいまでしか仕事をしないので、1時ごろでいったん終了。塀の外が残っているのでそれはまた明日とのこと。

私はアナグマ対策に、剪定した枝を畑の周囲にひたすら刺す。葉っぱがついている40センチぐらいの枝をザクザクと。気休めかもしれないけど、囲ってみるととてもいい感じになった。

注文していた籾《もみ》保存缶がとどいたというのでコメリに取りに行く。お金を払って、裏の搬出口へ車を回すと、私の車を見て店員さんがうろたえている。

「やっぱり小さいですか？」と言いながら車から降りる。

男性の店員さんが開口部をメジャーで測ったら、「缶は90センチあるのでちょっと入らないですね」と。「では近々軽トラで取りに来ます」と伝える。女性の店員さんが「びっくりしました〜」と笑ってた。私があまりにも小さい車でトコトコ入ってきたので。私も笑った。

帰りに道の駅に寄って馬場さんと話してたら、「昨日、高千穂峰に登ったらミヤマキリシマが満開でそれはそれはきれいでした」と写真を見せてくれた。

それは私が一生のあいだにぜひ一度は見たいと思っていたミヤマキリシマが山の高いところにピンクの水玉模様のようにへばりついている景色だった。

「これ！　いつか見たいと思ってたの。今なんだね！」

「毎年登ってますけどこんなにきれいなのは初めてです」

「明日行こうかな」

どうしよう。

夜。おととい買ったチーズ饅頭を食べ損ねていたのでやっと食べる。すると、あれ？　サクサクしてない。表面がクッキーみたいにザクザクッとした食感だったはず。そうか！　あれは作り立てだったからだ。しばらくするとしっとりとなるんだ。ああ、買った日にすぐ食べればよかった。次からは覚えとこう。

5月24日（火）

やはりこういうチャンスはないかも。昨日聞いたのも神様が教えてくれたのかも。

そう思い、朝、6時前に起きて登山の準備をゆっくりする。

畑を見るとアナグマは来てなかった。そこへ剪定のおじさんも来た。

「今日はこれから高千穂に登ってミヤマキリシマを見てきます」と伝える。

「それはいいですね」とおじさんも納得の様子。

おにぎり2個。甘めの玉子焼きを作って、7時半に出発。

8時50分、高千穂河原の登山口から登山開始。天気はよく、さわやか。でも登り始めるとすぐに苦しくなる。いつもならここで「苦しい」と弱音を吐くのだが、今日はひとりなので愚痴もこぼさず黙々と登る。するとだんだん慣れてくる。

途中から高い木がなくなって斜面に張りつくミヤマキリシマが見えてきた。それを見ながら、写真を撮りながらゆっくり進む。きれいなので苦しくない。先を見たくて心がはやる。この先はどうなっているのか、もっときれいな景色が広がっているかも。

足元は噴火でできた岩と軽石で、ズルズルと滑ってとても歩きにくい。

御鉢《おはち》、馬の背《うませ》、少し下ってかつて霧島神宮があったといわれる場所に小さな鳥居、そして高千穂峰へ。その途中、どこもとてもきれいで、私は写真を撮って、あちこち見ながらゆっくり進んだ。3時間かけて山頂へ。山頂では風が強く、雲も出ていた。ちょうどいい石に腰かけておにぎりを食べる。

帰りもゆっくり見て歩く。できるだけ長くこの景色を見て、覚えておきたい。見たいと思っていた景色を見ることができて感無量。

3時間かけて下り、家に帰る。疲れたまま温泉へ。今日はいつもよりも温泉の温度が高かった。47度もあったとか。

帰り、水玉さんと一緒に玄関にいたら常連さんらしいおじいさんがやってきて、受付のアケミちゃんに「お湯は沸いてますか?」と聞いていておもしろかった。ひょうひょうとしてた。水玉さんとふたりで「あのおじいさん、おもしろいね!」と車に移動中、盛り上がる。「あんなおじいさんだったらちょっと立ち話してもいい」って。

家に帰って鏡を見たら日に焼けたみたいで顔が真っ赤だった。確かに、今日は陽射しが強かった。

5月25日（水）

朝起きてすぐに畑をチェック。

今日もアナグマの被害はない。枝を刺したのがよかったのか。ミントが嫌いだというので庭のミントの葉も置いたし、剪定したローズマリーも置いたし、葉っぱがシャワシャワしている剪定枝でぐるりと囲ったからね。でもまだわからない。元気さんによると電気柵《さく》がいちばんいいという。

朝9時。セッセに頼んで軽トラでコメリに籾保存缶を取りに行く。セッセは毎日10時にバナナを買いに行かなくてはいけないので、それに間に合うようにその前に、と。コメリに着いて、軽トラを搬出口につける。店員さんがふたりで持って荷台に載せてくれた。あまり重くなさそう。「やっぱり軽トラじゃないと。このあいだの車は小さかったですね」と言ったら、またあの女性がくすくす笑ってた。ほんとにびっくりしたんだって。

家に帰って、離れの物置に運んで、木製の机をふたつくっつけた上に設置する。今はもう使っていない子供たちの机。家を建てた時に一緒に作ってもらったものだけど重くて用途に困っていたのでよかった。

今日もいい天気。家の中で事務作業を少し。昨日の疲れでぼんやり眠い。昼寝してから、畑に綿の苗を植え付ける。ちょっと植えるのが遅かったようで根が茶色くなりかけていた。

温泉に行ったら、受付に「シャワーが出ません」と書いてあった。どうしたんだろう。入ってみたら出た。もう直ったのかな。人に聞いたら、さっきまで出なかったそう。でもしばらくしたら熱いお湯しか出なくなった。今修理中で、出方が安定しないよう。

5月26日（木）

今日もアナグマ、セーフ。

「インカのめざめ」の葉っぱがますます黄色く枯れてきたので、3本掘り起こしてみた。小さいのと極小のがいくつか。まだ置いといた方がよかったのか、わからない。とりあえず今日はこれでじゃがいものソテーを作りたい。

掘り起こしたところで雨がポツポツ降ってきた。今日は雨の予報。急いで家に戻る。

傘をさして剪定《せんてい》の終わった庭をゆっくり歩く。

今回、大きなヤマモモとカシの木の側面がバッサリと切られたので風と光がよく通るようになった。外が見えてしまう…と驚いたけど、意外とこれもいいなと思いながら新鮮な景色をながめる。


コタツ布団をしまうことにした。もうさすがに寒くならないだろう。上掛けは洗濯に、布団は晴れた日に天日干しに。


前からぼんやり考えていたことを、今朝、突然実行に移す。

YouTube動画を非公開にした。4年前に始めて、その時々に目的を持って配信して、やるべきことが終わったという気がしたのがひとつ。あと、今年の3月に気持ちが変化して、外向きではなく内向きになって、本を通してのみ、外に伝えたいというふうに思うようになったから。

私にとってYouTube動画はそれぞれが大切な作品であって、路上ライブのようなものだった。その時に、たまたま前を通った人、見かけた人への一期一会のイベント。いつも真剣だった。現れ方、消え方、それらも含めて作品だ。

動画を見てくれた人々の心に浮かんだ感情は、ポン、ポン、と木に咲く花のように、今でもそこで光り続ける。私の中に光り続ける。

5月27日（金）

今日、セッセが道路と畑の境目にフェンスを作ってくれた。

私がガーデニングで使うような差し込み式のフェンスを買おうかなあ…と言ったところ、以前からここにフェンスを作ろうと考えていたけどなかなか手がつかなかったのでいいきっかけだと、倉庫にあった金網を引っ張り出して、杭《くい》を打って張ってくれた。

いいのができた。

これでアナグマも来にくいだろう。


すごく暑い中、なすとピーマンの苗を定植する。それから畝まわりの歩きにくかった斜面の下側にしっかりとした道を作る。斜面を掘るとミミズがたくさんいて困った。見ないようにして、そろそろと時間をかけて作った。すごく歩きやすくなり満足。

天気がよかったのでコタツ布団を洗濯して干したら、よく乾いてとてもいい匂い。

お日さまの匂い。次の冬に新しいのに買い替えようと思っていたけど、これだったら使いたい。重量も好きな重さだし、同じのはもうないだろう。こんなにいい匂いだったらずっと、ボロボロになるまで使いたい。今、つぎあてしながら履いているパジャマのズボンみたいに。

5月28日（土）

朝、畑を見回り。大きな穴は開いてなかったけど小さな穴が少し。鳥かな？

そして、ズッキーニの黄色い花、発見。今年初めての花。ああ。天ぷらにしなくては。

天ぷらは大変なので、溶けるチーズを少しつめて、ホットケーキの素で作った衣をまとわせ、多めの油でソテーした。おいしかった。

昨日ほどのいい天気じゃないけど、今日はチワワの毛布を洗濯した。愛用のチワワの毛布。曇っていたので昨日ほどのお日さまの匂いはしなかった。

サクから荷物が届く。いらない服と小さな棚。服はサクの引き出しに押し込む。

「この機会にいろいろ整理したら？　いらないものはこっちにおくっていいよ」とラインする。私も昔、いらないけど捨てられないものをよく実家に送っていた。

5月29日（日）

今日もアナグマの被害はなし。

早朝、じっくりとひとつひとつの野菜を見て回る。この時間が楽しい。

ついでに草の斜面に庭のエリゲロンを移植した。ここにはチガヤなどの強い雑草がぎっしり生えている。花などを少しずつ植えてきれいにしていきたい。これから雨が降るという予報なので根づけばいいなあ。

ワークマンのエアロストレッチクライミングパンツを探したけど売り切れだった。

5月30日（月）

雨の一日。じっくりと仕事をする。

そして終わった。ヤッター！

これからしばらくはのんびりと過ごしたい。

5月31日（火）

原稿を送ってから、数ヵ所で買い物。

まず、らっきょう畑の脇にある無人販売店でらっきょうを2袋買う。ここはサウナで元気さんに教えてもらった。財布を開けたら硬貨は500円玉しかなかったので玉ねぎ2袋、赤たまねぎ1袋を追加する。

それから道の駅で青梅、らっきょう酢。ホームセンターで梅干し用のポリ容器など。らっきょうの酢漬けは去年失敗したから今年はおいしく作りたい。去年のはとても辛かった。もっと長く漬けていたらまろやかになったのかなあ。

梅干しは苦手だけど自分で作ったら好きになるかもしれないということで初挑戦。とても楽しみ。

買ってきた玉ねぎのうちの1個。外の皮が一部、柔らかくなっていて、そこからとてもいい匂いがしてくる。ものすごくいい匂い。なんだろうこれ。甘い匂い。何度もクンクン嗅《か》いだ。この玉ねぎはおいしいかもと思い、ストウブ鍋《なべ》で焼きつけてから水を入れて煮てみた。おいしかったけど、あの匂いの方がすごかった。

らっきょうは洗ってらっきょう酢につける。一部は小瓶に取り分けてらっきょう酢と桑の実ビネガーを合わせたものに漬けた。桑の実ビネガーはきれいなルビー色になっていた。桑の実は土のような木のような、モコッとした味がする。

6月

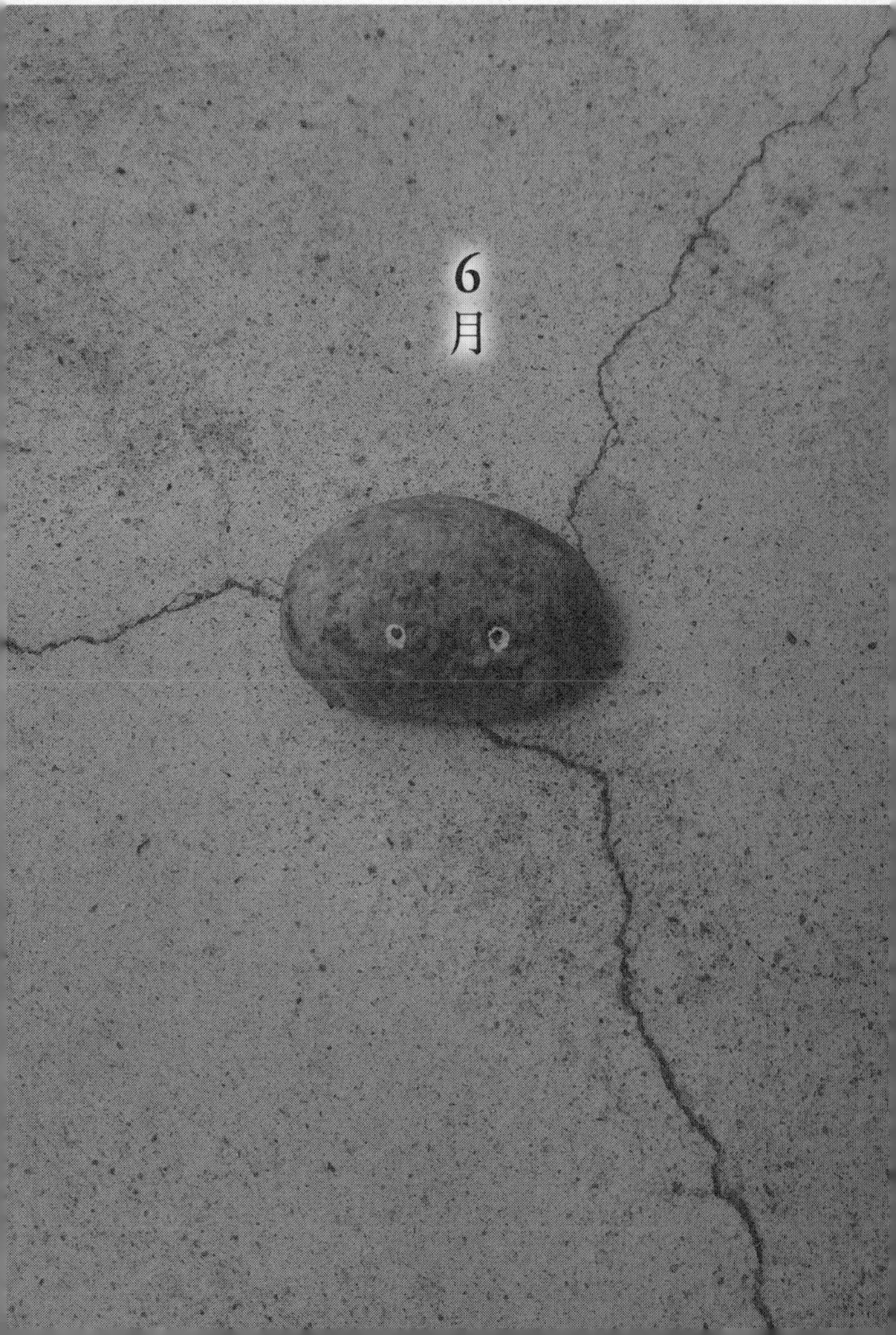

6月1日（水）

晴れの予報だったのに曇りだ。ちょっと肌寒い。

午前中、都城《みやこのじょう》印刷さんがポストカードを納品しに来てくださった。まず5種類。うれしい。あとでじっくり見よう。私はひとりの時じゃないと物をよく観察できない。


お昼ごはんを食べようと、椎茸《しいたけ》を4枚、鉄のフライパンでソテーする。蓋《ふた》をして、雨が降り出す前にじゃがいもを少し掘ろうかなと思いつく。で、畑に行って、シェリーという赤い皮のじゃがいもをひとつ分掘って、となりのアンデスレッドを1個、きたかむいを2個、土の中に手を入れて掘り出す。食べ比べしてみよう。

じゃがいもをカゴに入れて家に戻る。ガレージに着いた時、「あれ？　椎茸の火を消したかな？　消してない気がする」と思い、急いで玄関前にじゃがいもを置いて戸を開けた。

フライパンから煙が出てる！

キャア〜。あわてて火を止めて蓋を開けた。ほぼ真っ黒に焦げた椎茸が4枚。危ない危ない。気をつけなければ。短時間だったのでよかった。

午後、道の駅に行ってグッズの残りを受け取る。販売が5月いっぱいだったので。新しいポストカードコーナーは申請が受かってから。

ついでに馬場さんと話をする。

先週のこと、馬場さんが私に小さなミニ手ぬぐいのようなものを見せて、「観光協会でなにか作ろうと考えているのですが、たとえばこのようなハンカチに絵をかいてもらうようなことはできますか？」と聞いてきた。そのハンカチを見ると、ふつうの手ぬぐいの3分の1ぐらいの大きさでノリで固められていて感触がわからない。

「これ、何回か使ってみたの？」

「いいえ。まだ取り寄せたばかりで」

「1カ月ぐらい使ってどういう感じになるのかがわからないとなんとも…。品質がいいのか悪いのか…」

「そうですね。これはとても安いんです。安くて品はそんなによくはないですね」

安い安いと何度も言う馬場さん。それを聞くたびにやる気がしゅる〜んと失《う》せる。

そんな安物に絵を描きたくない…。

「馬場ちゃんは、いったいこれで何をしたいの？」

「道の駅にはこれといったお土産物があまりないから、えびののお土産を作りたいんです。田《た》の神《かん》さあの絵とか…」

私は、考えてみると言って帰った。その日の夕方、サウナで水玉さんに馬場さんがこんなことを言ってたよ～と話したら、「また田の神さあ！　田の神さあはもう飽きたよ。山登りしてる馬場ちゃんの顔でも描いたら？」

「ギャハハ！　いいねえ！」

馬場さんのうれしそうな顔を思い浮かべて大笑い。その時、笑ったその時に、急に私の心がパッと開いておもしろいアイデアが噴き出してきた。

米どころえびののヒノヒカリ米！

「えびの高原を米つぶたちがハイキングしてるのってよくない？　ヨイショ、ヨイショ、って。そしてそのあとに温泉に浸《つ》かって…」

チームの先頭には馬場隊長。リュックは米俵。温泉に浸かってすっかりいい気分になった米つぶたちはほかほかになって最後、お茶碗山もりのごはんに。ハイキング、温泉、ピカピカごはん。手ぬぐいに描かれた1枚の流れるような絵が浮かんだ。

馬場さんにその話をした。

「えびの高原を米つぶたちがハイキング…、いいですね！」

梅干し用の梅をまた2キロ買った。2種類の作り方で作ってみようと思う。

帰りにヨッシーさんちにお茶を届けに寄る。私の好きなくき茶を今度あげるねとミヤマキリシマに囲まれたベンチで話していたので。

菜園を見せてもらって、大根と玉ねぎをまたもらった。

明日、馬場さんと高千穂峰に登るのだそう。ヨッシーさんもミヤマキリシマの点々を見たいとかで。馬場さんは今季、高千穂登山3回目。いいなあ。私もまた登りたいぐらい。来年また登ろう。

夕方、温泉へ。

いつもの流れでじっくり温まって出て、だれもいない脱衣所で服を着ていたら、おっとりさんが「ヤマちゃ〜ん」と浴場に続くドアを開けて、何かを振っている。あ、おじいちゃんの名前入りのタオル。

「どこにあった?」

「床に落ちてたよ」

コロンと落としたらしい。

6月2日（木）

今日、私は段々畑のことを思った。

畑の斜面のフェンスの内側にもう一段植える場所を作れるかもしれない。斜面の土は砕石交じりの荒れた土。そこにチガヤなどの強い草が生えている。草をザッと刈って、斜面に足跡をつける。尖《とが》った鎌で山側を削り谷側に土を寄せる。畑から土を持ってきてさらに上にまく。するとわずかに平らな面ができた。

ここに小豆《あずき》を植えたい。

段々畑ってこういうふうにできるんだな。いつもすごいなと思って段々畑の風景を見ていたけど。必要が物事を可能にするんだ。自然とできた。楽しくできた。

6月3日（金）

今日は棋聖戦五番勝負第1局。藤井棋聖対永瀬《ながせ》王座。とても楽しみな1局。始まる前にサッと車に乗ってホームセンターにさつま芋のシルクスイートの苗があるか見に行く。シルクスイートの焼き芋がおいしいと聞いてとても興味を持ったので。

でもなかった。また来年さがそう。私の畑に植えた紅はるかはまだ葉が出たばかりで苗を植えられるのはまだ先だ。

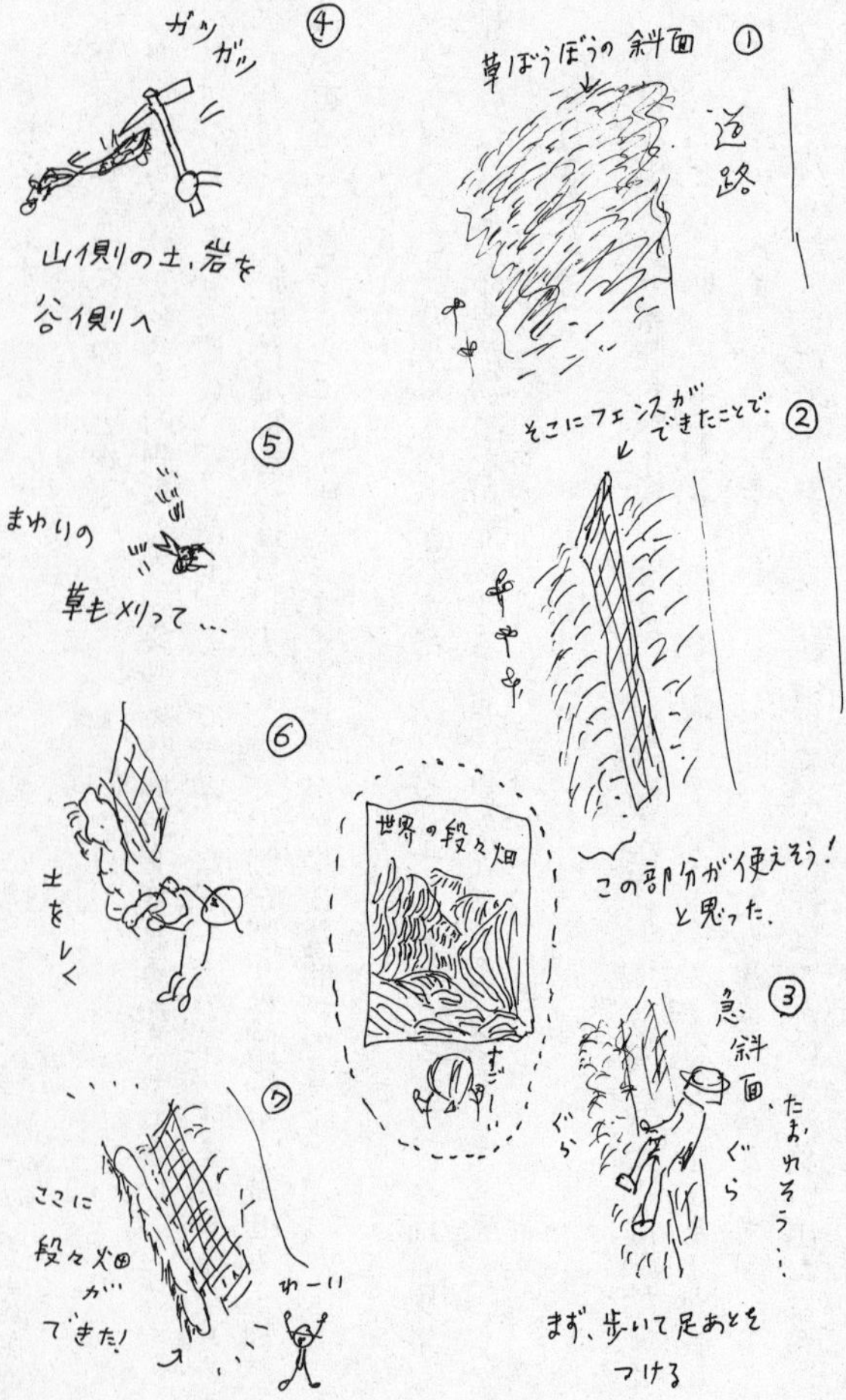

①
草ぼうぼうの斜面
道路
②
そこにフェンスができたことで、
この部分が使えそう！と思った。
③
急斜面、
ぐらぐら
たおれそう…
ぐら
まず、歩いて足あとをつける
④
ガッガッ
山側の土、岩を谷側へ
⑤
まわりの草も刈って…
⑥
土をしく
世界の段々畑
すご
⑦
ここに段々畑ができた！
わーい

観戦の合間にリモートで自然農の本の打ち合わせ。

外はいい天気。

お昼ご飯に玉子焼きを作って将棋を観ながら食べようと思った。山登りの時みたいに甘めの玉子焼きを作ろう。

玉子2個にお砂糖大さじ2杯。お醤油《しょうゆ》を少し。クルクルかき混ぜて味見をしたら、辛い!

え? どうして…。

砂糖の容器をよく見ると…、違う、これは塩だ。砂糖はキビ砂糖で薄い茶色、塩は薄いピンク色、薄い色がついているつながりで…間違えてしまった。大さじ2杯もいれたのでとても辛い。

どうしよう…。捨てるのももったいないと思い、鍋《なべ》にお湯を沸かしてその中に入れてみた。玉子がふわりと浮かんで固まった。それをすくってふわふわ玉子として食べる。お湯の部分はやはり塩辛いので結局捨ててしまった。

失敗失敗。

ふと思いついてメルカリでシルクスイートの苗を探したら5本500円であったの

で即購入。鹿児島県の方だ。5本ぐらい欲しかったのでちょうどよかった。

そういえばあのリライブシャツ、着てるのかな、効果はどうなのかなと思い、カーカに聞いてみた。「昨日も着たよ。よくわかんない。前屈が伸びることだけ」という返事。

将棋は千日手が2回も続く珍しい展開になった。それをおもしろく感じ夕方から飲みながら観戦。なので最後はぼんやりとなってしまった。

6月4日（土）

9日に韓国岳《からくにだけ》に登りますがどうですか？　と連絡が。霧島連山の中では最高峰。どうしよう。ミヤマキリシマは今、五分咲きとのこと。天気予報を見るとそのあとから天気が崩れるよう。手ぬぐいに山登りのイラストを描かなきゃいけないからがんばって登ろうか。やはりここは登ってみないとね。足で登って汗をかいて、体で実感しなければ。

今日はすごくいい天気なので、庭のティーツリーの剪定《せんてい》、畑の草刈り、じゃがいも掘りなど忙しく動く。

夕方、温泉へ。

サウナではいつもの水玉さん、おっとりさん、私の3人で貸し切り。天気がいいので温泉に来る人も少ないのか、いつもこの時間帯はお客さんが少ないけどいつも以上に閑散としていた。

帰り。3人同時に出た。玄関先にオーナーの趣味らしい花菖蒲《はなしょうぶ》や紫陽花《あじさい》の鉢が何十鉢も並び、きれいに咲いている。紫陽花はさまざまな種類がある。華やかなのはあまり好みじゃないのでなんとなくサラッと見ていたら、ひとつ、とても興味をひかれた紫陽花があった。

むむ。

白い花びらに薄赤い点々模様がむらむらと散らばっている。一見、まるで汚れているかのように見える。でもよく見たら赤い模様だ。

ううむ。この紫陽花は初めて見た。

私は好きな紫陽花に出会ったら庭に植えることにしている。でも庭にあまりたくさん紫陽花があるのは嫌なので厳選している。それでもこの紫陽花はちょっとほしいかも…。挿し木用に枝をもらおうかなあ。すごく迷いながら何度も何度もその紫陽花の模様を見た。ふたりにもそう話したら、「興奮してるね」とおっとりさんが言う。

これから毎日来るたびに見て、よく考えよう。

6月5日（日）

今日は雨。

午前中、しげちゃんたちが来た。しげちゃんはセッセがバナナを買ってくるあいだハンモック椅子に揺られて、いいわね…なんて言ってたかと思うとうとうとしている。

午後、自然農の本の仕事。口絵のチェックなど。


最近知った食べ物がある。

それは「南関《なんかん》あげ」というもの。前にスーパーで初めて見た時、これは何だろう…と思った。軽くてサクサクとした感じだ。味噌汁《みそしる》の写真がついてる。よくわからないのでそのままにしていたが、つい最近、ふと手に取ってみた。南関あげひとすじという「塩山《しおやま》」の説明書きを読むと、「南関あげは熊本県南関町に伝わる、伝統の技術を生かして作られたあげ豆腐です。質の良い油で揚げることで、常温での長期保存ができ、そのまますぐに使用できます」とある。何か、お味噌汁に入れるもののよう。「もちもち」、「ふっくらジューシー」だって。

「もちもち」が気になって買ってみた。お味噌汁を作った。水の状態から入れる、と書いてある。食べてみると確かに、柔らかくてふんわり。柔らかい油揚げみたい。これはいい。常温保存ができるってところが特に。

6月6日（月）

今日は月曜日。

こまごまとしたことをいろいろ。買い物にも行く。お昼のおかずに鶏《とり》の天ぷらを買ったら、それがまたとても硬いとり天だった。硬すぎた。

9日に韓国岳に登るのでトレッキングシューズを注文した。今持っているのは幅が狭くてちょっと痛いので、考えた末、思い切って。

思えば、今まで履いていたシューズは、前に尾瀬《おぜ》に行った時に幻冬舎の菊地《きくち》さんと虫くんが「とってもかわいいんです。シュッとして。他のは芋虫みたいじゃないですか？」と勧めるので買ったシューズだった。確かにシュッとしていたけどそのせいで指の付け根が圧迫された。芋虫の方が楽そう。ふたりは足が細いのだろう。こないだまでは我慢していたけど、ふと思いついて買うことにしたのだ。

とても楽しみ。

畑の作業。草刈りなど。今日もモグラがさかんに穴を掘っている。朝、盛り上がった穴を踏みつけたら、午後にもまた同じところが盛り上がっていた。

家の裏の方を歩いていたら、小屋の外のコンクリートの脇に30センチぐらいのとても大きな穴が開いていた。最初、アナグマかと思ったけど、昨日の大雨のせいかなとも思った。どっちだろう。わからない。

温泉の帰り、あの赤い点々の紫陽花の写真を撮った。やはり剪定した時にひと枝もらいたいなあ。少しでいい。挿し木するのは2本ぐらいにしよう。1本でもいいか。

にんじんの葉が少しあったのでベーコンとチーズをばらまいて焼いておつまみを作る。パリパリしておいしかった。

6月7日（火）

天気がいいので畑の作業を熱心にやる。

じゃがいも掘り。半分ぐらい掘って疲れたので残りは明日《あした》にしよう。続いてにんじんの間引き。あと、届いたシルクスイートの植え付け。

作業中、やけに暑いなと思った。家に戻って着替える時に見たらユニクロのヒートテックのストレッチパンツを履いていた。そうだった。去年も知らずに、夏、ずっと履いてたんだった。何枚かあるので覚えとかなければ。

セッセに庭の穴を見てもらう。

もぐらの穴か何かが開いていて、そこに雨が大量に流れて穴が大きくなったのかも、ということになった。確かに、アナグマだったら掘った土が穴の手前に放射状に飛び散っているはず。小石と畑の土を入れて修復した。

トレッキングシューズが来た！　早い！

憧《あこが》れの芋虫だ！

靴下を履いて家の中で試し履きする。痛くない。軽い。とてもうれしい。あさってが楽しみ。

今日はにんじんの間引き菜がたくさんあったのでソテーする。サラダのようなつまみのような一品。畑の趣たっぷり。

夜は井上尚弥《いのうえなおや》のボクシングの試合中継を見た。切れのいい動きで圧勝。強い。

6月8日（水）

明日は7時集合という。今日の夜はまた緊張して眠れないかも。とりあえず今日のうちにすべての準備を整えておこう。着るものも人の形に床に置いて…。朝起きて慌てないように準備万端で臨みたい。

そのために日中はいろいろと奔走しなければ。

まず、買い物。道の駅に行ったらヨッシーさんと馬場さんがいたので明日のことを少し話す。今から緊張していると伝えた。

それからスーパー2店。そしてチーズ饅頭《まんじゅう》リベンジ。表面のザクザク感を味わうためには買ってすぐに食べないと。2個だけ買う。今日はおばちゃんはいなくてこれを作っているご主人が会計してくれた。「生地作りにこだわりがあってねえ」とおばちゃんが前に話していたご主人だ。

家に帰って食べたら、ザクザクしていて満足。

午後、じゃがいもの残りを掘り上げる。

終わった。かなり疲れた。たくさんできてうれしい。そして、今日もまたヒートテックのパンツを履いていたことに気づく。しまった。これもか。しかもサイズがXL。きつくないようにと思って買ったのだが大きすぎてずり落ちてくる。なので次にLを買ったけどそれも落ちてくるので、つい最近Mサイズを買い足した。

温泉のサウナで、あっ、と思い出した。

夕方、市で発行しているプレミアム商品券を受け取りに行く予定だったのにすっかり忘れてしまった。時間指定されているのだ。明日、山から電話しなければ。

夕食後、明日のおにぎりの中に入れる肉味噌《みそ》と玉子焼きを作る。そして着ていく服と荷物の準備。

先日、ワークマンのエアロストレッチクライミングパンツをメルカリで探したら新品があったので購入した。すぐに来たけど防虫効果のあるブラウンを選んだせいか、すごく変な匂いがした。あまりにも変な匂いなのでしばらく外に干していたらわりとよくなった。明日着ていこう。よくのびてよさそうだ。

準備が終わり、早めに就寝。夜中に目が覚めなければいいけど。

6月9日（木）

やはり目が覚めた。3時に。それから2時間ほど目が冴《さ》えまくる。でも予想していたので大丈夫。雨が降っていて、しばらく降り続けた。

6時前にはベッドから出て朝ごはん、おにぎり作り。

今まで履いていたダナーの登山靴を、ふと思い、履いてみた。履いただけでは足は特に痛くない。靴底が硬くて重いので岩場にはいいかも。


7時。いつもの駐車場に集合した3バカトリオ。いや、3人。

えびの高原に着いて、登山を開始したのが7時30分ごろ。

しばらくは樹木に囲まれた木の階段を淡々と上る。ドウダンツツジやコウモリのような形のツクシコウモリソウ、ツタウルシなどを見ながら。

途中から高い木がなくなり、低木とゴツゴツした溶岩に変化する。そのあたりからピンク色のミヤマキリシマが見え始めた。

不動池《ふどういけ》や噴煙を上げる硫黄山を眺めながら進んでいるうちにだんだん曇ってきた。高千穂峰は白い雲に覆われていて見えない。

山頂で少し休んで、大浪池へ続くルートで下山する。下り始めの木道周辺のミヤマキリシマがとても綺麗《きれい》だった。曇りなので色がしっとりしている。ただ、この下りの木の階段が最高に苦しかった。ものすごい勾配《こうばい》がずっと続き、平らなところはない。疲れた疲れたとブツブツこぼしながら進んだ。苦しい時にブツブツこぼすの大好き。

ただ、このルートのドウダンツツジはみごとだった。枝ぶりのいい木がたくさんあって、特に最後のところにあった大きなドウダンツツジはオレンジ色の花がびっしりと満開で気持ち悪いほどだった。

お昼ご飯を食べる予定の分岐点にやっとたどり着き、ほっと一息。でも昨夜の雨で地面がじめじめしている。私はじめじめした場所でご飯を食べるのだけは嫌なので、「ここは嫌だ」と言って、もっと乾燥した場所を探した。先へ進んだところにどうにかまあ大丈夫という場所があったので木道に腰かけておにぎりを食べた。

そこからえびの高原までが思いのほか長く感じた。クタクタに疲れた体でフーフー言いながら進んだ。

いつも下山途中、終点に近づいて体が疲れて、頭がぼんやりとなった頃に、みんなの口から最近の困った出来事や人々のウワサ話が自然に出てくるので楽しく聞く。

私は最近もぐらが畑をものすごく勢いよく掘りまくって困っているという話をし始めたら、急に元気になって、イキイキともぐらについて語った。


えびの高原に着いて、ベンチでコーヒータイム。ヨッシーさんがまたおいしいものを持ってきてくれた。あのチーズ饅頭のお店の黒糖饅頭。どれどれ。小ぶりで、茶色くて薄い皮の中に粒あんがぎっしり入っている。自然な味で、素材もシンプル。今は頭がぼんやりしていてよくわからないけど、これはいい…気がする。今度買いに行こう。


それから温泉へ。

硫黄《いおう》の匂いが強烈な秘湯、新湯温泉。硫化水素で死んだ人もいるとか。ここは数分浸《つ》かるだけで芯《しん》から温まる。ものすごいポカポカ感だ。露天風呂《ろてんぶろ》にもちょっと入る。混浴だけど温泉の色が真っ白なので平気。だれもいなかった。

露天風呂もすぐに温まるので長くは入れない。一度の入浴時間は15分、全部で30分以内にしてくださいという貼り紙がある。

ボーッとしたまま家に帰る。

ボーッとチキンライスを作って食べて早く寝た。

そういえば、登山後、足はやはり痛かった。ジンジンと。前の靴を痛く感じたのはただの歩き疲れだったのかもなあ。あれはあれで岩場とかではすごくよさそう。

6月10日（金）

市で発行しているプレミアム商品券を買いに市役所へ。4冊買ったので6千円おまけがつくことになる。温泉代にしようと思う。

途中にあるヨッシーさんちに寄って、ちょこっといろいろ話す。


道の駅で烏骨鶏《うこっけい》の玉子を買う。

実は、先日漬けた梅干し2樽《たる》のうちのひとつが、追熟がうまくできなかったので梅が青すぎた。このままではたぶん硬い梅干しになるだろうと思い、カリカリ梅に変更することにしたのだ。カリカリ梅を作る時には卵の殻を入れるとカリカリになりやすいと聞いたので、玉子を買った。

家に帰ってそれを仕込む。失敗するかもしれないけどまあ、いいや。

明日は雨の予報なので、午後は畑でゴマと小豆《あずき》の種を蒔《ま》く。ゴマはキャベツのあとに、小豆は草と小石の多い荒れた段々畑に。どうだろう。うまくできるかな。楽しみ。

しゃがみこんでコツコツ草整理をしていたら、セッセが急に名前を呼んだのでとても驚いた。いつもいつもびっくりする。

「もう！　びっくりするから、遠くから少しずつ声を出しながら近づいてって言ってるのに」

すると、「実は僕も今日、お米の補植をしていたら、隣のおじさんに急に名前を呼ばれて死ぬほど驚いて『ウオオオオーッ！』と叫んだんだ」と言う。

集中しているせいだろうかね。

「いったい他の人たちはどうしているんだろう」

と、私は不思議に思う。

するとそこへ、「高いところからすみません」と道路から声が。

見ると、体格のいい若い青年だ。四角い箱を持って、首に身分証明書のような札を下げている。

「宮崎《みやざき》神宮の方から来たのですが、お菓子を売っています。見ていただけませんか？」

お菓子？　どんなお菓子だろう…と考えていたら、セッセが「いいです」と断っていた。

その人が去ってから、

「あの顔は前も見た気がする。集団でこの辺をしらみつぶしに回ってるんだよ」と言う。

「え？　宗教か何か？」

「それはわからないけど、ひとりじゃないよ」

「ただのお菓子売りじゃないね。そういえばやけに声が大きくて張ってた。はきはきしてて。どんなお菓子なのか見てみたいと思ったけど、見なくてよかった」

あとで聞いたところによると、職場研修かもしれないとのこと。そうか。


芽かきしたじゃがいもがもったいなかったので畑のすみに植えておいたのが大きくなったので掘ってみたら、小さなじゃがいもができていた。色とりどりでかわいい。煮物にして食べよう。


温泉に行ったら、水玉さんが近くの完熟梅を拾って持ってきてくれた。私が「完熟梅がほしい、ほしい」と言っていたから。うれしい。完熟梅の梅干しを作ろう。

「高級梅干しを作るね」

丁寧にそっと作ろう。

家に帰ってさっそく作る。3つに小分けして、塩分控えめの梅干し、梅シロップ、はちみつ梅を仕込む。どれも手ごろな量なのでとても丁寧に作業できた。やはり少量が私には作りやすい。

6月11日（土）

終日、雨。

昨日漬けた梅干しを見てみる。いい匂いでふんわりしてる。色もいい感じ。本当に高級梅干しができるかも。

道の駅で馬場さんと手ぬぐいの打ち合わせ。染め方がいろいろあるようで、実物を見てみないとわからないねと、見本を取り寄せてもらうことにした。

私もそろそろ絵をかき始めようかな。

6月12日（日）

今日はいい天気。青空が見える。

いつものように畑に行ってチェック。今日のモグラの穴は少なめ。

おととい、きれいな丸ボーロが4つ、畑に転がっていた。すぐそこが道路なので子どもが落としたのかなと思った。今日、またその丸ボーロをみつけ、やけに丸くて白くてきれいだなと思って眺めていた時、ふと、これは丸ボーロじゃないのかも、もしかするとえんどう豆か？　と思った。そこがえんどう豆を作っていた場所だったから。よくよく見たらそうだった。あまりにもきれいで白くて丸くてわからなかった。小さな根が出そうだったので土に埋めておく。

日曜恒例、しげちゃんたちが来た。最初は畑、次に庭を一周、セッセがバナナを買いに行ってる間は家の中ですごす。しげちゃんは本が大好きなので本を渡すとページをめくって熱心に見ている。金柑《きんかん》の発酵ジュースをいっしょに味見した。

午後は庭の草刈り。シダやヒメジョオンの地上部をザクザク刈っていく。明日からまた雨なので今のうちに少しでも草を刈っておきたい。そんな草の中にかわいい丸いものを発見。花のつぼみのよう。丸いものがポンポンとついている。

何かに刺されたのか腕がチクチクする。蚊だったら温泉に入ると治るので、夕方、温泉に急ぐ。

玄関前のベンチにここの紫陽花《あじさい》を増やされているご主人がいたので、あっ！　と思い、「この赤い点々のある紫陽花の茎を少し、挿し木用に分けてもらえませんか？」とお願いした。「同じのがいくつかあるのであっちのを根っこごと持っていっていいですよ」と言ってくれたけど、「いや、短い茎でいいです。今年失敗したらまた来年もらいに来ます」と伝える。よかった〜。楽しみ。赤い点々の紫陽花、わたしの庭へ。熱い温泉に飛び込んだら蚊に刺されたところの痛みはとれた。

6月13日（月）

雨だ。

梅干しに入れる赤紫蘇《しそ》が出てるかなと思って道の駅に行ったらまだだった。山椒《さんしょう》の実があったので、それを買ってみた。山椒の塩漬けを作ってみたい。レシピを見ながら作って瓶に入れる。山椒の醤油《しょうゆ》漬けというのもあるらしい。あら。その方が好きかも。また山椒を買いに行こうかな。

模造紙を買いに行って、手ぬぐいの下絵を描き始める。90センチ×34センチの枠線を引いて、まずはえんぴつで山の絵を描く。細かい部分をガイドブックでチェックしながらできるだけ正確に。

梅雨に入ったと温泉でみんなが言っていた。天気予報を見ると今後2週間、ずっと雨や曇りのマーク。たまにちらっと晴れマーク。

ついに梅雨が始まった。

6月14日（火）

朝から雨。

今日はヨッシーさんと私の好きなカフェにランチを食べに行く。今週のメニュー画像で見たローストビーフ丼がおいしそうだったのでつきあってとお願いしたのだ。

先日、道路に面した大木の枝を剪定《せんてい》してもらって外が見えるようになったのに、思ったほど気にならない。かえって風通しがよくなってとてもよかった。毎日見るたびにそう思う。今まで頑《かたく》なに「向かいの建物が見えるのがいやだ。目隠しのために！」と枝と葉をうっそうと茂らせていたのがバカみたいに思う。なにごとも慣れるものだ。

頑なに拒む、ということ自体、どこかおかしいのかもしれない。頑なになっている時は、思い方を間違っているのかもしれない。

頑なに、という態度は必要ないことかもなあ。もし今後自分が頑なになっていると感じたら、このことを思い出そう。

ランチの前に山椒を買って来よう。

道の駅に行ったら山椒があった。小さいパックをひとつカゴに入れる。するとそこへ馬場さんが。今日はお休みで買い物に来たのだそう。

手ぬぐいについて立ち話。この市の名物や観光地ってどこがある？と聞いてみる。すでに知ってるところは知っているし。他になにか…。

特に思いつかず、今度、観光地マップをコピーしてくれるそう。

たまに観光客の方に見どころを聞かれて困る。これといって名所のない町だ。

山好きの馬場さんはいつもえびの高原推し、らしい。たまたま近くにいた水玉さんが聞いてたら、「山ばかりを薦めてたよ」。

昼前にヨッシーさんが来たので一緒にランチへ。ローストビーフはとても柔らかくて、すごくおいしかった。付け合わせのポテトの揚げたものをチリソースみたいなので和《あ》えたものもおいしかった。小松菜のお浸しもサラダもおいしい。本当にこのシェフの作る料理の味は好き。ただひとつだけ、私がシェフと味の好みが違うものがある。それは汁物の塩加減。今日はお吸い物、いつもはよく味噌汁《みそしる》がついているのだが、私には塩辛い。

レジで持ち帰りの玄米ポンクッキーを買う。自然栽培の玄米ポン菓子を作っている人がいて、その人はとても変わった手作りの鎧《よろい》をつけていてなんとかかんとかと、あまりにも変わっていて一度に情報が頭に入らなかった。その方の玄米ポンを使ったポン菓子とのこと。シナモン味と金柑カカオ味。「本当においしいです」とかわいい奥さんが言うので、ふたりとも5枚ずつ買う。私はポン菓子が好き。


外に出ると、まだ雨。

今日はずっと雨が降り続けるような感じ。

「この市の名所って何がある?」とヨッシーさんにも聞いてみた。

名所、名物って言ってもねえ…、と考え込むふたり。

何かを探してそのままドライブする。まず近くの真幸《まさき》駅へ行く。雨なので車の中からホームの写真を撮る。そのまま坂道をもと来た方へと下る。

「ほかに何かって…。田の神さあはもう飽きたよね。水玉さんが田の神さあのものは売れないよ、って言ってたよ。ホント、もう飽きた飽きた」とぼやいていたら、「あっ!」と叫んでヨッシーさんが突然、Uターンした。

「どうしたの?」

「たしかここに…」

道路わきの大きな岩のしたにちょこんと並ぶ田の神さあ、2体。

「あら。これはかわいいね。色も渋くて。飽きた飽きたって言ってたのが聞こえて、ここにいるよ、いいのが、って言ったのかも」

本当にかわいい。

ふたりで写真を撮る。

手ぬぐいにこの方々の絵を描こう。

次に田んぼの中の赤い鳥居を見る。ここも何回も見た。菅原《すがわら》神社の鳥居。

「ミニあじさいロードに行きますか？」とヨッシーさんが言う。

どこでもいいから何かを見たい。

「うん」

民泊をされている普通のお家とその周辺の道路だそう。行く前に何か手土産のお菓子を買いたいということで途中のスーパーに入る。

そこは町はずれの小さなスーパー。野菜、肉、魚、お惣菜《そうざい》などひと通り揃ってる。私も前に一度来たことがある。入ってすぐの段ボール箱に入った30センチほどの長いなすを見て、「これ、長いですね」と思わず手に取ったヨッシーさん。「これ、買おう」とレジに置いた。

ぐるっと一周する。果物売り場に山形のさくらんぼが460円で売られていた。2パックある。安い。ひとつずつ買おうかとふたりで手に取ってじっと見ていたら、自分が持っていた方のさくらんぼにカビを発見したヨッシーさん、「あら」と言って戻した。私のもよく見たらカビていたので戻す。

お菓子売り場で、何を買おう…と迷っているヨッシーさん。

見るとカステラがあった。

「私はこの中だったらカステラがいいなあ〜。あ、底にザラメがついてる。ザラメのついたカステラは好き」と言ったら、それを買っていた。

レジ前に大きな玉ねぎ入りさつま揚げが並んでいる。楕円《だえん》形でドーンとしている。

「これ大きいね。生で食べてくださいだって。…これ、ひとつ」

「人気ですよ」とレジの女性。

「そうなんですか」

玉ねぎ入りさつまあげをひとつ、手提げに入れる。

田んぼ道を通って、坂を上る。

「ここなんです」

見るとさまざまな色の紫陽花が咲いている。20ぐらい。そのまま庭に入る。でも奥さんはいなかった。

「いらっしゃらないみたいですね」と、そこを出て、坂道をさらに奥の方へと進む。そこにも濃い紫色の紫陽花《あじさい》が咲いていてなかなかきれいだった。

素朴な紫陽花の道。

そのあと、田んぼが同心円状に並んで見える高台にも連れて行ってくれた。

「ここがきれいなんです」とヨッシーさん。

「ほんとだね」

帰り道を走りながら、

「やっぱり、田んぼかも。竹林と杉の木かなと思ったけど、田んぼだね。名所。田んぼを描くわ」

最後家に帰って、カステラを半分分けてくれた。とてもうれしかった。

夜は、冷凍庫の食料を消化しなければと思いたち、去年作ったバジルソースを使ったスパゲティを作る。ミニズッキーニとインゲン豆をトッピング。それと庭でとれた桑の実ビネガー入りサラダ。食後にポンクッキーとカステラ。ポンクッキー、おいしかった。

6月15日（水）

棋聖戦第2局。今日も楽しみ。見ながら繕いものでもしよう。

パジャマのズボンのお尻《しり》のところが擦れて破れたのを今まで2回繕った。そのあて布の周囲がまた薄くなってきて破れそう。もともと生地が弱いのかもしれない。自然で手作りの商品なのでなんとなくふわっと柔らかい。

またあて布を追加しようと思って布を取り出し、糸も準備した。でも、ズボンをじっと見ていて、あて布を広く当ててもまたその周囲が破れそう。何度やってもキリがないように思えてきた。

うーん。あきらめよう。これはもうこのまま使い続けて、ボロボロになったらぼろ布用の引き出しに入れよう。ほかにパジャマのズボンがなかったかなと引き出しを探したら、ふたつあった。次はこれを着よう。

終日、将棋を観ながらあれこれ。さっと畑に出て作業したり。

セッセがいた。「農協からチラシがきて、尿素が94%値上がりするらしい。それ以外もすべて大なり小なり」と言う。

「でしょ? そのことは前に話したよね」

「ほんとうだった」

食料危機について立ち話。陸稲《おかぼ》を作ってみようかと言うので、「それも前に言ったよね」と私。また情報を教えあおうと別れる。

藤井棋聖の勝利。すごい対局だった。

6月16日(木)

車の1年点検へ。トコトコ車を走らせる。40分ほど。私にとっては遠出だ。無事に終わって、きれいに洗車されている。

お魚市場でお刺身を、野菜市場で青梅を買って帰る。

この青梅、どうするかというと梅エキスを作るのです。おとといのカフェのシェフが毎年梅エキスを作っていて、今年は40キロも作ったそう。私は酸っぱいものが苦手だから…と憧《あこが》れつつもあきらめていたけど、ふと、もしかすると自分で作ったら好きになるかもしれない! とまた閃《ひらめ》いたのです。

そういうものはたくさんあった。オクラもインゲン豆も自分で作ったのは好きだった。梅エキスも自分で作ったら違うかも。

で、挑戦してみることにした。ちょうど2Lという大きな梅があったので、2キロ入りをひと袋購入。

明日からまた天気が悪くなるので午後は熱心に畑の草整理。汗びっしょりになって頑張る。

温泉では、先日お願いした紫陽花の茎を1本、挿し木用にいただいた。

夜。青梅をセラミック製のおろし器ですりおろす。スリスリスリスリ。指が疲れた。黄緑色のすりおろし梅がボウルいっぱいに。次に、それを不織布で濾《こ》す。黄緑色の液体が小さな土鍋《どなべ》いっぱいに。

それをコトコト煮詰める。夜遅くなったので半分ぐらいになったところでいったん停止。続きは明日。

6月17日（金）

昨日の続き。

ゴムベラでかき回しながらコトコト煮詰める。だんだん煮詰まってきて、最後真っ黒なドロリとした感じに。ここだ、と思ったところで火を止める。

小さな瓶に移す。土鍋に張りついた黒いエキスがもったいないので水を少量加えて、また煮詰める。それを瓶に入れる。最後の最後の土鍋にくっついてるエキスは、水をコップ一杯ほど加えて梅エキスジュースにして飲んだ。

自分で作った青梅エキスはおいしい気がした。前のように胃が痛くならないかも。時々、食べよう。風邪気味の時なんかに。

紫陽花を3つに切り分けて、挿し木した。

昨日から母しげちゃんの膝《ひざ》が痛み出して歩けなくなったそうで、今朝いちばんに病院に連れて行ってきたとセッセから兄弟のグループラインに報告があった。

膝に溜《た》まった水を抜いて、1週間ほど様子をみましょうと言われたそう。

「ところで、皆さんはどうしてしげ子さんの体調がこのところ次々におかしくなると思いますか？　私はその理由がはっきりと分かります。

それは、もうすこしで医療保険の自己負担が一割に戻るからです。あと2ヵ月ほどで負担はかなり軽くなるのに、その前に駆け込みで悪くなっているのです。

この一年、今までにない回数で病院に通院しました。その理由は、あの人が黒電波で保険の負担率を察知し、めいっぱい体調を崩す決意を固めたからに違いないのです」

と最後にセッセらしい毒舌で締めくくられていた。

さっきすごい夕立が降っていた。仕事のあいまに畑へ。

バッハさんが通りかかる。

「すごい雨でしたね！」と挨拶《あいさつ》しあう。

夕方、セッセが来てしげちゃんの膝の様子を説明してくれた。いろいろ話し、しばらく様子を見て、できるだけのことはやって、自分たちでできなくなったら、また考えようということにした。

それから現在の世界情勢について。今後、いろいろ驚くようなことが起こりそう。大変なことが起こるかもしれないから、何が起きてもパニックにならないように心構えだけはしていよう。

私たちができることは、毎日をコツコツ、慎重に生きるだけ。

そういうことを話す。

私が今日いちばん心に残ったのは、「『意識があると言われたＡＩ』と『Google の技術者』の公開された会話内容」というニュース記事。スピリチュアルで哲学的な内容がとてもおもしろかった。そのことについても少し話す。でも説明が難しくてうまく話せなかった。ハッとした気持ちだけは伝えた。

現実がまるでSFドラマのようになってきていると感じる。

セッセは、できるだけ長生きして世界がどんなふうに変化するのかを見たいのだそう。とてもとても見たいので、とっても長く生きて少しでも未来を見るんだと言っている。それを聞いた時に、「恐ろしいほど本当にそうなりそう…」と思った。ライフスタイルも厳格にそれに照準を合わせているようにみえる。なにしろ風変わりで、その変わり具合は私にも全貌《ぜんぼう》がつかめない。

6月18日（土）

今日から雨のつもりで仕事部屋の整理をするはずだったけどまだ雨が降らず、午前中は畑に出て、モグラ対策にタールを穴に注ぐ。人参《にんじん》とゴマの新芽の間引きもする。

しげちゃんの膝が痛くて立っていられないので椅子が必要と兄弟ラインが。私のところにたくさんあると伝える。

なにしろ椅子だけは腐るほどある。

しばらくしてセッセが椅子を見に来た。木のスツールと高さの調節ができて車輪付きのスツールの2脚を持って行った。

しげちゃんは今、ケアセンターでは車椅子対応をしてもらっているそうで、「あの人のことだから何か変な冗談でも言ってなかった？」と聞いたら、「言ってた言ってた。車椅子専用の入り口があって、そこを通る時に『あら〜、こんなところがあるの？』ってておもしろがってた」。

庭の作業もすこし。

台所の前の紫陽花《あじさい》の花が、雨で奥側の地面スレスレまで倒れている。窓からぜんぜん見えないので、麻ひもでくくって立たせたらまるで花瓶に挿したようになっておもしろい。生きている生け花。

来週、仕事部屋の机をリフォームしてもらうので、ついでに書類ケースを整理することにした。3つあって、それぞれ18個の引き出しがついている。中身を出して、引き出しに貼りつけた古いシールを取る。そのシールがなかなか取れない。ぴっちりとくっついている。シールはがしをスプレーしてもダメ。検索してさまざまな方法を試すけどうまくいかない。ドライヤーをあてたり、台所洗剤をぬってラップで覆ったり。

どうにかこうにか格闘すること1時間半、爪で削ったりして2ケース分をはがした。のこりは明日。

6月19日（日）

今日は日曜日。

私の方からしげちゃんちに行こうかと聞いたら、9時に畑に来るとのこと。来た。膝はまだ痛いみたいだけど最初よりはましになってて、畑の椅子に座って野菜を眺めてる。

1時間程セッセと立ち話。トウモロコシの穂がたくさん出てきた。曇っていて湿度が高く、いかにも梅雨という天気だ。

11時に髪をカットしに行く。美容師さんがひとりでやってるいつものお店。長さをちょっと短く、と伝える。どんなふうにカットしても結局同じになるくせ毛の髪質だ。サッと行って、パッと終わった。2500円。帰りに車の時計を見たら所要時間、17分。ここは気楽でとてもいい。週刊誌の記事をふたつほど見ているうちに終わってしまい、他に読みたい記事があったので「ああ。もうか…」と思ったほど。

6月20日（月）

ポストカード、残りの4つが納品された。これで9つ。販売するのが楽しみ。いつになるのかはまだわからない。道の駅に申請はしたけど審査の連絡はまだこない。

買い物に行って、ついでにヤマダ電機へ。今日はヒマだったから洗濯機を見に行く。まだ使えるけどたまに黒カビがつくので買い替えも視野に。電気屋さんって疲れるから、人も少なそうで、ヒマなときにのんびり見に行くのが好き。

機種がいろいろあって最初よく判断できなかったけど、時間をかけて何度も見ているうちにだんだん好きなのがわかってきた。パッと蓋《ふた》を開けて洗濯槽をのぞいた瞬間に、「なんか使いやすい！」と感じるものだ。

とりあえず各社のパンフレットをもらって帰る。

梅干しから路線変更したカリカリ梅2キロは冷蔵庫に保存し、細かく刻んで毎日1個、時には3個も食べている。この調子なら全部食べられそう。よかった。カリカリじゃなくて半カリカリという感じだけど梅干しよりも酸っぱくなくて私には食べやすい。

のこりの2キロの梅干し用に今度赤紫蘇《しそ》を買って来よう。

6月21日（火）

梅雨に入ってもそれほど雨は降っていなかったが、今日から本格的に降るみたい。昨夜からけっこう降っている。大雨注意報も出ている。

そんな今日からトイレと洗面台の取り換え工事、仕事部屋のテーブルリフォームが始まる。それぞれの業者の方がいらして作業開始。水道管の位置をすこし移動しなければならないことが判明したりしていろいろと大変そう。

私も仕事をがんばる。手ぬぐい用の絵を描こうと思う。職人さんが一生懸命に仕事をされていると私もその力に触発されてやる気が出てくる。

6月22日（水）

トイレが新しいのになった。まだ使い方がよくわからないので説明書をよく読まなくては。

畑で蜂の巣を発見。小さな机の中に麻ひもをしまっているのだが、それを取ろうとして覗《のぞ》いたらあった。3センチぐらいの小さな蜂の巣。足長バチだと思う。ギョッとしてそこから離れる。セッセに頼もう。

午後、セッセがいたので、殺虫剤を持ってセッセに蜂の巣駆除をお願いした。「完全防備でこれをシューッとしたらいいよ」と言ったら、「なんのこれくらい」と言って、殺虫剤も使わずに棒で巣を取って遠くに捨てると言う。私はキャア〜と思い、「私が見えなくなってからにして！」とあわててそこから逃げ去る。

夕方、セッセからラインが。家に戻ったら膝《ひざ》の裏に激痛。なんだと見たらまた激痛。ズボンの中に蜂がいたらしい。「だから！　言ったよね」と返事する。

蜂は頭がいい。前にスズメバチを退治してもらった時、夕方、1匹のスズメバチが窓ガラスの向こうから私めがけて何度もぶち当たってきたことがあって、それ以来、「蜂はなんでもわかっている」と私は思っている。

6月23日（木）

昨日でほとんどの作業が終わった。あとは洗面所の養生を取るだけみたい。知らずに昨日の夜に使ってしまったので、今朝、あわてて掃除して使わなかったようにみせる。

職人さんのパワーのおかげで私の手ぬぐい用の絵もほぼ完成。

市内の名所を筆ペンでコツコツ描き入れた。山登りするお米たち。温泉にはいるお米たち。ほかほかになったごはん。霧島の山々、赤松せんべい、ミヤマキリシマ。かわいくできた。いいのが描けた。

赤紫蘇を買ってきた。隣町の吉松《よしまつ》にある野菜販売所で。柔らかそうなのがあった。トウモロコシも出てたので買った。

赤紫蘇を洗ってあく抜きをして梅干しに入れる。トウモロコシは天ぷらに。

6月24日（金）

今日の天気はめまぐるしかった。

曇り、雨、晴れ、強風、豪雨と、10分ぐらいでどんどん変わっていった。なので外の作業ができない。

午後、ちょっと晴れてきたので畑へ出る。

じゃがいもの実が生《な》っていた。初めて見たので驚いた。緑色のプチトマトみたいだった。それからキュウリもできていた。「キュウリの中で最もおいしい」と種の袋に書いてあったスーヨーキュウリ。表面にとげとげがたくさんついている。明日の朝、採って食べよう。赤モーウイもいつのまにか小さいのができている。雨が続いたのでいろいろなものがグンと生長していた。

草刈りをしていたらバッハさんが通りかかって、「雨降りそうだからもう帰った方がいいよ」と言う。空を見たらいつのまにか暗くなっていたらポツンポツンと雨粒が。バッハさんは走りながら傘。ホントだ…と思って急いで家に帰った。うとしている。私も

夕方、温泉へ。今日は泊まり客の方がたくさんいた。みなさんを杖《つえ》をつきながら移動されている。

サウナに入ったら、最初水玉さんとふたりだった。ここは男女の浴場が10日交替になっていて、今日のサウナは小さいサウナは座るところがボロボロだったけど今年のお正月にヒノキの板にれてとてもうれしかった。でもこっちは前のまま。板の一部が腐ってい時々とても変なにおいがする。今日も臭った。私はタオルを顔に巻いて匂いる。こっちのサウナも張り替えてくれないかなあと水玉さんと話す。みんなで板を打ってもいいね。あっちは釘《くぎ》の頭が熱いからこっちは熱くならないよ

うに工夫しよう。ひとり100円、カンパして…。私、1000円だしてもいい！50人は集まるかな。集まるよ。募金箱を持って立っとこうか。オーナーの奥さんが「やめて～」って飛んでくるかも。そしたら張り替えてくれるかも…、などと楽しく妄想する。

そこへ2～3人、常連さんが入ってきた。引き続きその話。

匂い消しには炭がいいよと言う。炭なら簡単だね。まずは炭を置いてもらい、人が集まるとアイデアが出るものだ。

今度、言えたら言ってみよう。言えないか。

6月25日（土）

今日もおかしな天気。

朝、雨が降っていなかったので畑へ。スーヨーキュウリを[illegible]つま芋の苗がわりと伸びていたので切って植える。全部で10本ぐらいと[illegible]味の違いはよくわからな

スーヨーキュウリを塩で洗って朝食で食べる。キュウ[illegible]いが、パリパリしていた。

蜂の巣を取ってもらった机の中をふと覗いたら、なんと、また同じ場所に足長バチが小さな巣を作っているではないか。セッセはただ巣を取って捨てただけだったので

蜂たちが戻って来て作り始めたのだろう。セッセは「巣を捨てたらもう蜂はいなくなるよ」と言っていたけど…。今度は自分でやろう。ク キラーで。

それから買い物へ。雨が降り始めた。

また吉松の販売所へ行く。野菜、花、お惣菜《そうざい》、パン、豆 がある。ここは地元のお客さんが多く、いいものが置いてあるという印象。

野菜売り場の端に竹籠《かご》があった。大きな竹籠。梅干しを干 似たようなのをひとつ持ってるけど、これは底に穴が開いていて風通 上げてみるとかなりズッシリしている。丈夫な造りだ。うーん。重すぎ る。の細いささくれが指に刺さって「痛っ！」。血が出た。これは保留 トウモロコシとおにぎり3個買った。

続いてガソリンを入れてから、ホームセンターでイボダケと柄杓《ひしゃく》を購

家に着いた頃には空が暗くなり、今日も荒れた天気になりそう。昨日の すごくて、また家に落ちるかもしれないと思い、スマホとパソコンの電源を ど。

今日は一日、仕事の資料整理をしよう。

あまり整理も進まず、一日がなんとなく過ぎていった。

6月26日（日）

晴れている。

薄く青空が見える。

なにか、空気が一気に変わった。

夏になってる。

畑では草がのびて、レモンの木にアゲハチョウの幼虫。2本目のキュウリ剪定《せんてい》した木の枝を棒として使っていたら、新芽が出ていたので土に挿れはイヌコリヤナギかもしれん。

庭ではホウセンカ、黄色いコスモス、ねじ花が咲いていた。夏至あと思った。

今日は日曜日だけどしげちゃんはどうだろうか…と思っ9時に「今、畑に来ています。よかったら出てきませんか？」とライン ぐに出て行ったら、しげちゃんが机の脇の椅子に腰かけている。膝の痛みか しよくなってなんとか歩けるようになったのだそう。それはよかった。

その机の中に蜂の巣が…と思いながら、驚かさないように黙っておく。蜂は攻撃しなければ危険ではないから。しばらく話していたけど、あまりにも暑いので家の前の日陰のベンチに行くことにする。そこでしばらく雑談。

それから、馬場さんとヨッシーさんに手ぬぐいの絵を見 二人の前にパッと広げたら、「わあ〜」と言って、感激して みずみまで夢中になって話していたらあっという間に1時間半 無事に手ぬぐいが出来上がるまでは緊張感を持って進めよう。 い絵のす

6月27日（月）

今日もいい天気。

早朝のゴミ出しのあと、ネットとフマキラーを持って蜂の巣退治へ。机 と、数匹の蜂が巣にくっついて眠っている。悪いな…と思いつつもしょうが 机の前面をネットで覆い、外れないようにひもでぎゅっと縛って、ネット越しにフマキラーを2回ぐらい強力に噴射してそのまま家に戻る。

朝ごはんを食べて、2時間後、机を見に行った。

すると、巣の下のあたりに蜂がみんな倒れていた。6匹いた。まだかすかに動いて

いるのもいる。私はネットを縛っていたひもをほどき、ネットをくしゃくしゃにして机の手前側にすき間なく押し込んだ。たぶんこれで大丈夫。

道の駅のきれいな完熟梅が気になっていたので、また梅を買いに行く。もういいかと思ったけど、どうしてもあの梅で梅干しを作ってみたい。今までの経験で今度こそうまくできる気がする。1キロ買った。

畑で草刈りやトマトの支柱立て。草刈りは先日買ったマキタの電動バリカンで、[illegible]たらものすごく簡単だった。これは便利。

支柱立ての時は直射日光が暑くて暑くて、顔や手の甲に汗がにじみ出た。

昼過ぎに家に戻って、シャワーとお昼ご飯。夕方の温泉までゆっ[illegible]

なんと今日、梅雨明けしたという。わあ、早い。

ふるさと納税について。

前に一度ふるさと納税をしたことがあったけどあまり[illegible]とこなかった。それは私がよくわかってなかったせいだ。最近、ふとしたことから調べたら少しわかってきた。

今年はふるさと納税をしてみようかな。めんどうくさい気もするけど、返礼品に欲しいものがあったらやってみよう。家電とか、本当に欲しいものがあったらやる気になるかもしれない。まずはどのようなものがあるかじっくりと見てみよう。

温泉の前にちょっと畑に行く。気になった草をちょいたりしていたら、思いがけず長くいてしまった。いつもよりちょっと遅く温泉へ。

先週末は泊り客の方が多くて賑《にぎ》わっていたが、今日は顔見知りのたった3人。サウナでもゆっくり寝ころぶことができた。

熱くなって入る水風呂《みずぶろ》が最高。井戸水がドーッと出ていてとても気持ちいい。私は長くここに浸《つ》かっていると、だんだんボーッとしてきて空間に浮かんでいるような気持ち想《そう》状態。冬は冷たくてこうはいかないのでまさに夏の醍醐味《だいごみ》。

足の指先を水面に出して、静かに眺める。

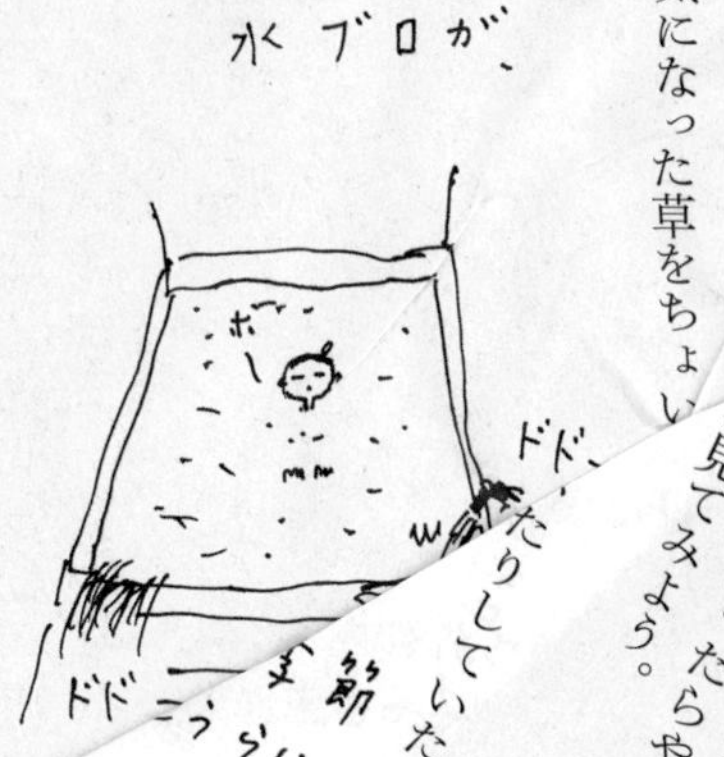

なんともいえないいい気持ち。

6月28日（火）

昨日の夜、完熟梅の梅干しを仕込んだ。少量なので簡単にジップロックで。そーっとやさしく作った。より分けておいた梅6個で梅のシロップ煮を作ろう。

今日は将棋の王位戦があるのでその前に慌ただしく動き回る。洗濯機を回してから畑へ。バリカンで畝のわきの草を刈って、里芋のまわ[illegible]てから土を寄せる。

草刈りのあいまにふと目に入ったトウモロコシの根を見て驚く。何[illegible]作[illegible]に地面に刺さってる。きれい。これでしっかり地面に根を張ってる[illegible]

暑くて汗が出た。

シャワーのあと、朝の洗濯物を干して、また洗濯機を回し[illegible]る。むむ。梅の皮が破れてしまった。

パソコンをつけたら、あれ！　もう始まってる。しまった。また時間を間違えた。番組は8時半から始まっていたんだ。9時半からだと思い込んでいた。

書いてあったスーヨーキュウリ。表面にとげとげがたくさんついている。明日の朝、採って食べよう。赤モーウイもいつのまにか小さいのができている。雨が続いたのでいろいろなものがグンと生長していた。

草刈りをしていたらバッハさんが通りかかって、「雨が降りそうだからもう帰った方がいいよ」と言う。空を見たらいつのまにか暗くなっている。ホントだ…と思っていたらポツンポツンと雨粒が。バッハさんは走りながら傘を開こうとしている。私も急いで家に帰った。

夕方、温泉へ。今日は泊まり客の方がたくさんいた。みなさん高齢で浴場を杖《つえ》をつきながら移動されている。

サウナに入ったら、最初水玉さんとふたりだった。

ここは男女の浴場が10日交替になっていて、今日のサウナは小さい方。大きい方のサウナは座るところがボロボロだったけど今年のお正月にヒノキの板に張り替えてくれてとてもうれしかった。でもこっちは前のまま。板の一部が腐っているみたいで時々とても変なにおいがする。今日も臭った。私はタオルを顔に巻いて匂いを遮断する。こっちのサウナも張り替えてくれないかなあと水玉さんと話す。

みんなで板を打ってもいいね。あっちは釘《くぎ》の頭が熱いからこっちは熱くならないよ

うに工夫しよう。ひとり100円、カンパして…。私、1000円だしてもいい！ 50人は集まるかな。集まるよ。募金箱を持って立っとこうか。オーナーの奥さんが「やめて〜」って飛んでくるかも。そしたら張り替えてくれるかも…、などと楽しく妄想する。

そこへ2〜3人、常連さんが入ってきた。引き続きその話。

匂い消しには炭がいいよと言う。炭なら簡単だね。まずは炭を置いてもらいたいね。人が集まるとアイデアが出るものだ。

今度、言えたら言ってみよう。言えないか。

6月25日（土）

今日もおかしな天気。

朝、雨が降っていなかったので畑へ。スーヨーキュウリを採って、さつま芋の苗がわりと伸びていたので切って植える。全部で10本ぐらいとれた。

スーヨーキュウリを塩で洗って朝食で食べる。キュウリの味の違いはよくわからないが、パリパリしていた。

蜂の巣を取ってもらった机の中をふと覗いたら、なんと、また同じ場所に足長バチが小さな巣を作っているではないか。セッセはただ巣を取って捨てただけだったので

蜂たちが戻って来て作り始めたのだろう。セッセは「巣を捨てたらもう蜂はいなくなるよ」と言っていたけど…。今度は自分でやろう。フマキラーで。

それから買い物へ。雨が降り始めた。

また吉松の販売所へ行く。野菜、花、お惣菜《そうざい》、パン、豆腐などがある。ここは地元のお客さんが多く、いいものが置いてあるという印象。

野菜売り場の端に竹籠《かご》があった。大きな竹籠。梅干しを干すのによさそう。似たようなのをひとつ持ってるけど、これは底に穴が開いていて風通しがいい。持ち上げてみるとかなりズッシリしている。丈夫な造りだ。うーん。重すぎるかも…。すると竹の細いささくれが指に刺さって「痛っ！」。血が出た。これは保留にしよう。

トウモロコシとおにぎり3個買った。

続いてガソリンを入れてから、ホームセンターでイボダケと柄杓《ひしゃく》を購入。

家に着いた頃には空が暗くなり、今日も荒れた天気になりそう。昨日の夜中は雷がすごくて、また家に落ちるかもしれないと思い、スマホとパソコンの電源を抜いたほど。

今日は一日、仕事の資料整理をしよう。

あまり整理も進まず、一日がなんとなく過ぎていった。

6月26日（日）

晴れている。

薄く青空が見える。

なにか、空気が一気に変わった。

夏になってる。

畑では草がのびて、レモンの木にアゲハチョウの幼虫。2本目のキュウリ。剪定《せんてい》した木の枝を棒として使っていたら、新芽が出ていたので土に挿してみる。これはイヌコリヤナギかもしれん。

庭ではホウセンカ、黄色いコスモス、ねじ花が咲いていた。夏至を過ぎたからかなあと思った。

今日は日曜日だけどしげちゃんはどうだろうか…と思っていたら、9時に「今、畑に来ています。よかったら出てきませんか？」とラインが。すぐに出て行ったら、しげちゃんが机の脇の椅子に腰かけている。膝の痛みが少しよくなってなんとか歩けるようになったのだそう。それはよかった。

その机の中に蜂の巣が…と思いながら、驚かさないように黙っておく。蜂は攻撃しなければ危険ではないから。しばらく話していたけどあまりにも暑いので家の前の日陰のベンチに行くことにする。そこでしばらく雑談。

それから、馬場さんとヨッシーさんに手ぬぐいの絵を見せに行く。

二人の前にパッと広げたら、「わあ〜」と言って、感激してくれた。細かい絵のすみずみまで夢中になって話していたらあっという間に1時間半もたっていた。

無事に手ぬぐいが出来上がるまでは緊張感を持って進めよう。完成がとても楽しみ。

6月27日（月）

今日もいい天気。

早朝のゴミ出しのあと、ネットとフマキラーを持って蜂の巣退治へ。机の中を覗《のぞ》くと、数匹の蜂が巣にくっついて眠っている。悪いな…と思いつつもしょうがないので、机の前面をネットで覆い、外れないようにひもでぎゅっと縛って、ネット越しにフマキラーを2回ぐらい強力に噴射してそのまま家に戻る。

朝ごはんを食べて、2時間後、机を見に行った。

すると、巣の下のあたりに蜂がみんな倒れていた。6匹いた。まだかすかに動いて

いるのもいる。私はネットを縛っていたひもをほどき、ネットをくしゃくしゃにして机の手前側にすき間なく押し込んだ。たぶんこれで大丈夫。

道の駅のきれいな完熟梅が気になっていたので、また梅を買いに行く。もういいかと思ったけど、どうしてもあの梅で梅干しを作ってみたい。今までの経験で今度こそうまくできる気がする。1キロ買った。

畑で草刈りやトマトの支柱立て。草刈りは先日買ったマキタの電動バリカンでやったらものすごく簡単だった。これは便利。

支柱立ての時は直射日光が暑くて暑くて、顔や手の甲に汗がにじみ出た。

昼過ぎに家に戻って、シャワーとお昼ご飯。夕方の温泉までゆっくりしよう。

なんと今日、梅雨明けしたという。わあ、早い。

ふるさと納税について。

前に一度ふるさと納税をしたことがあったけどあまりピンとこなかった。それは私がよくわかってなかったせいだ。最近、ふとしたことから調べたら少しわかってきた。

今年はふるさと納税をしてみようかな。めんどうくさい気もするけど、返礼品に欲しいものがあったらやってみよう。家電とか、本当に欲しいものがあったらやる気になるかもしれない。まずはどのようなものがあるかじっくりと見てみよう。

温泉の前にちょっと畑に行く。気になった草をちょいちょい抜いたりしていたら、思いがけず長くいてしまった。いつもよりちょっと遅く温泉へ。

先週末は泊り客の方が多くて賑《にぎ》わっていたが、今日は顔見知りのたった3人。サウナでもゆっくり寝ころぶことができた。

熱くなって入る水風呂《みずぶろ》が最高。井戸水がドーッと出ていてとても気持ちいい。私は長くここに浸《つ》かっていると、だんだんボーッとしてきて空間に浮かんでいるような気持ちになる。瞑《めい》想《そう》状態。冬は冷たくてこうはいかないのでまさに夏の醍醐味《だいごみ》。

足の指先を水面に出して、静かに眺める。

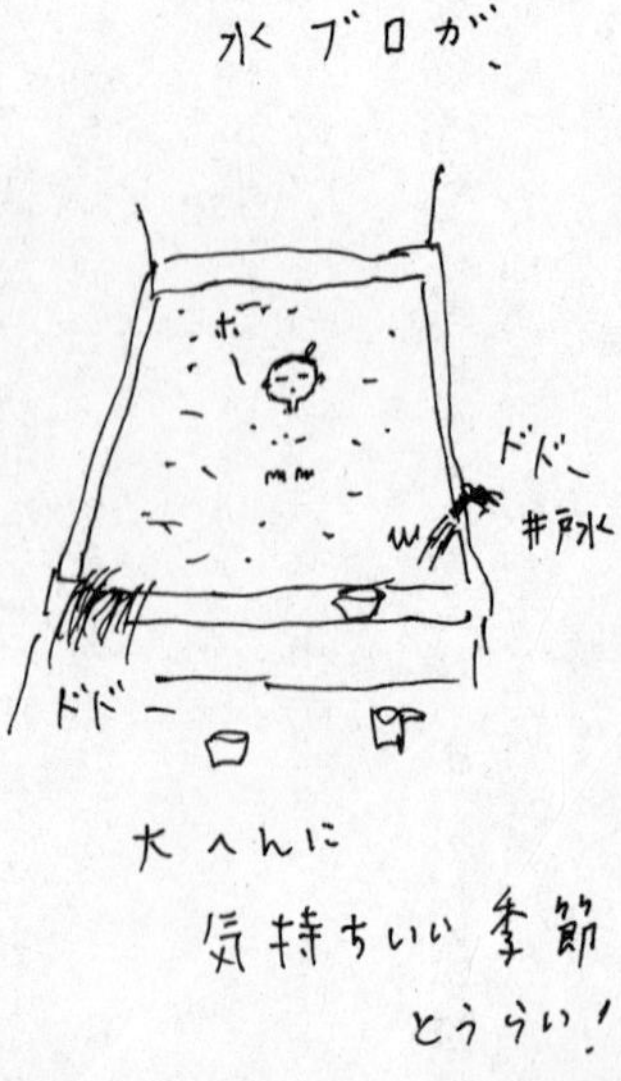
水ブロが、
ドドー
井戸水
ドドー
大へんに
気持ちいい季節
とうらい！

なんともいえないいい気持ち。

6月28日（火）

昨日の夜、完熟梅の梅干しを仕込んだ。少量なので簡単にジップロックで。そーっとやさしく作った。より分けておいた梅6個で梅のシロップ煮を作ろう。

今日は将棋の王位戦があるのでその前に慌ただしく動き回る。

洗濯機を回してから畑へ。バリカンで畝のわきの草を刈って、里芋のまわりを整えてから土を寄せる。

草刈りのあいまにふと目に入ったトウモロコシの根を見て驚く。何本もの根が均等に地面に刺さってる。きれい。これでしっかり地面に根を張ってるんだなあ。

暑くて汗が出た。

シャワーのあと、朝の洗濯物を干して、また洗濯機を回して、梅のシロップ煮を作る。むむ。梅の皮が破れてしまった。

パソコンをつけたら、あれ！　もう始まってる。しまった。また時間を間違えた。番組は8時半から始まっていたんだ。9時半からだと思い込んでいた。

将棋を見ながら、一日ゆっくりすごす。

今年はもう秋まではゆっくりすごしてつれづれノート以外の仕事はしない。そのあとも、これ！　と思う仕事だけをゆっくりとやっていこう。

黒酢入り鶏《とり》のさっぱり煮を作った。さっぱりしていてとてもおいしかった。だんだん「酢」というものに慣れてきた。梅干しもたくさん作ったし。酢のおいしさがわかったら酸っぱいものを好きになる気がする。ぬか漬けのおいしさはまだわからない。

仕事部屋の窓にかわいい新コーナーができた。今までは隣の家が見えるのでブラインドを閉めっぱなしにしていた窓だった。でもビワの木がのびて葉っぱがちょっと見えるようになったのでブラインドを少し上げて、光に透けるガラスの置き物を並べて置いたら、とても素敵になった。ガラスのふくろう、熊、小さなコップや瓶、貴石の薄切り…。日に何度もそこを見てしまう。

将棋を見ながら過去の資料を整理中。ノートに「お金は使えば使うほどまた入ってくる。循環が大事」とメモ書きしてあった。

ふむ！

消し忘れ防止の安全装置がついた新しいガスコンロをいつか買おうと思い、カタログをじっくり眺めていろいろ考えていたここ数日だったので、なんだか背中をポンと押された気がして、すぐにかたわらのスマホをつまんでガス屋さんに電話してみた。なんとなく相談というか、今のガスコンロを取り換えることができるのか聞いてみようと思って。すると、来月からコンロが値上がりするそうで今月いっぱいはセールをしていると教えてくれた。今月と言ったらあさってまでだ。

担当の方が夕方来てくれることになった。

来た。

ガス台の大きさなどを確認してもらい、注文することにした。おかげで安く買うことができた。あのメモを見てよかった。

洗濯機も買い替えようか迷っていたけど、30日に電気屋さんに行ってみようと思い立つ。なんとなく。

将棋は熱戦。封じ手がされて、結果は明日へ。

6月29日（水）

8時半から将棋中継が始まるのでその前に畑に急ぐ。

気になる草をちょこちょこと引き抜き、インゲン豆と人参《にんじん》と大根を採ってくる。

夜にタイカレーを作ろうっと。

今日から3日間は天気がよさそうなので梅干しの天日干しをする。

大中小のザル6枚に梅干しと紫蘇《しそ》を並べる。梅酢もボウルに入れて干す。梅酢の色がとてもきれい。

将棋は豊島《とよしま》九段の勝ち。とても難しい勝負のようだった。

私は将棋を見ながら過去の仕事の資料を整理する。イベント開催時のいろいろな資料があって懐かしく見た。よくやったなと感心する。やらなければならない、という人生の宿題のような気持ちで取り組んでいた気がする。

今はもう仕事もリタイアしたような気持ちなので、宿題が終わって本当にホッとしている。もう自由だ。何もしなくていいんだ。好きにしていいんだ。それを思い出すたびに新鮮に驚く。まだ慣れない。

6月30日（木）

晴れていて暑い。

早朝から畑へ。草を刈ったり、ヤツガシラに土寄せしたり。

最後のじゃがいもを掘り起こす。去年とり忘れた種芋から自然に芽が出たやつ。小さなのが数個、ついていた。

馬場さんのところへ手ぬぐいの打ち合わせ。業者さんとも原稿について電話で話す。

帰りに電気屋さんに行ったら今日は定休日だった。

ガクリ。

明日また来よう。洗濯機を見に。今日も洗濯したけどやはり黒いノリのような黒カビが洗濯物についていた。やはり替え時かもしれない。

午後は家でゆっくり。

白いトウモロコシを買ったので茹《ゆ》でて食べよう。

そういえば私も畑にトウモロコシを2種類植えた。実が生《な》って、ひげが焦げ茶色に枯れているのがある。6センチぐらいの小さなのを剝《む》いてみたら大丈夫そうだったので、さっき、畑で剝いてそのまま味見をしたらすごくおいしかった。あまりにもおいしかったので全部そこで食べてしまった。こんなに甘くておいしいとは。

夕方、温泉に行こうとして車に乗ったら夕立が。しかも雨粒が異常に大きい。5センチぐらいの丸いかたまりがフロントガラスにバンバンぶつかってくる。大きな雹《ひょう》が降ったというニュースを思い出した。

橋の手前を曲がる時、川の上空の低い位置に二重の虹《にじ》が見えた。しかもふたつの虹の間隔が狭くてほとんど繫《つな》がっているように見える。14色の虹という感じ。

へー、珍しいと思いながら曲がった。

7月

7月1日（金）

今日から7月。なんだかうれしい。

夏って感じ。

7時に畑に出て、ズッキーニ1本、トウモロコシ3本を採ってくる。シャワーをあびてスッキリしていたら、セッセからラインが。今朝、しげちゃんが具合が悪いと言うのでケアセンターはお休みさせるという。熱中症かも。部屋にクーラーがないというし。

うーむ。甘いトウモロコシを生のままかじりながら考える。大丈夫かな。

扇風機を持って車に乗り込んだ。

しげちゃんちに行くと、だれもいない。もしかしてケアセンターに行ったのかなと思い、その方向へと車を走らせていたらセッセの車とすれ違った。ふたたびしげちゃんちに向かったらセッセが戻っていて、具合がよくなったというので連れて行ったという。ケアセンターの冷房が効きすぎていたせいかもしれないので長袖《ながそで》を着せたと言う。

そうか、だったらよかった。一応、扇風機を置いていく。2台で部屋の外から空気を循環させたらどうかと話す。

ヤマダ電機に行って、洗濯機を買う。もう決めていたので早かった。そのあと、テレビコーナーでテレビを見た。うちのはもう古いので買い替えたいなあと思うんだけど、どうしても大画面のテレビはほしくない。買うなら中ぐらいの。しかも今はもうテレビはほとんど見ないので買ってもなあ…でも古い画面も嫌だし…と思いながら進んでいたら炊飯器が目に入った。炊飯器も少量炊きのがあるのを知った。3合炊きとか、3・5合炊き。こんな小ぶりのがいいなあと羨《うらや》ましく見る。欲しいなあ。一応、カタログをもらっていく。

今、私は電化製品の買い替え期。

午後、ズームで新刊の自然農の本の動画インタビュー。気楽に話せてよかった。

今日は温泉の男女交代日。サウナが広くてきれいな方だ。わーい。うれしくていつもより早く行く。じっくりと入って汗を出す。

水風呂《みずぶろ》が最高に気持ちいい。

飲み物を持ってきている人もいる。私も冷たい自家製梅ジュースを持ってこようかな。

7月2日（土）

セッセより。

今朝、庭に黒い猫が死んでいたとのこと。猫同士の喧嘩《けんか》で、昨夜激しく争う声が聞こえたそう。死体の爪には相手の毛が残っていたと。


道の駅から電話が。

商品販売の申請を4月頭に申しこんでから3ヵ月たったけど何の連絡もないので、縁がなかったかとあきらめそうになったけど、その前に一度問い合わせてみようと思い、昨日電話した。その返事だった。今月中旬か下旬に審査会があるので、その際は連絡しますとのこと。

よかった。パッと気持ちが明るくなる。


暑いので早朝に畑の作業を少ししてから、昼間はずっと家にいた。最近、早起きが続いて睡眠不足気味だったので昼寝したらスッキリ。

YouTube動画は見飽きたので、今はカンバーバッチ主演のシャーロック・ホームズのドラマを見返している。おもしろい。それとSF小説「プロジェクト・ヘイル・メアリー」も途中までで中断していたので続きを読み始めた。

7月3日（日）

日曜日。台風が近づいているそうで雨がポツポツ。

しげちゃんとセッセが来た。雨で散歩ができないので家の中で話す。10日の選挙についてなど。今回は興味があるので投票に行かなくては。

洗濯機が届いた。設置してもらう。

まず今の洗濯機を持ち出す。「自分が外したら、下を掃除して下さい」とお兄ちゃんが言う。そのつもりだったので雑巾《ぞうきん》も準備してある。「はい！」と応《こた》えてすぐに掃除開始。

20年分の埃《ほこり》が積もっていた。サクの靴下ふたつ、ゴキブリの死骸《しがい》、ボタンがあった。雑巾では追いつかないと判断し、ぼろ布引き出しから古いTシャツを取ってきて水に濡《ぬ》らして拭《ふ》く。大慌てで掃除した。間に合った。

きれいになった洗濯機パンに新しい洗濯機が収まった。懸念していた蛇口までの距離も大丈夫だった。安心して、お兄ちゃんにお礼を言う。前に冷蔵庫を設置してくれたのもこの方だったそうで、その話も少しした。

無事に終わってよかった。

吉松の販売所に行って、何かいいのないかなあと見る。ミニかぼちゃと手作りのウィンナーパンとアンパンと全粒粉パンを買った。家に帰って、おやつにウィンナーパンとアンパンを食べる。

それから温泉へ。

さっきのウィンナーパンのウィンナーが胃にもたれてる。最近は食べているものがはっきりしているので違うものを食べるとすぐにわかる。

サウナに入って汗を流していたら、まあまあよくなった、
家に帰って夕食を作る。

冷凍の海老《えび》のむき身があったのでエビチリを作ろうと思った。レシピをいろいろ探して、ピンと来たレシピで作る。それは簡単エビチリではなく中華の料理人のレシピだった。なので海老の下味つけに卵白を泡立てたりとめんどくさかったけど、がんばってその通りにやったらとてもおいしいのができて満足。

7月4日（月）

雨。

ゴミ出ししてから畑へ。

キュウリ1本、インゲン豆2つ、ズッキーニの花2つ、細い大根1本を採る。

ゴマの芽が急に大きくなって本葉が出始めている。間引かないと…。どうしよう。

雨の中、ササッと間引く。間引いたのは近くに一応植えておく。

服が雨に濡れたので家に帰ってから着替える。

棋聖戦第3局。

番組は9時半からだと思っていたら8時半からだった。またた! 最初のとこ、見逃した。

終日、将棋を見ながら資料整理。

過去の切り抜きをドサッと持ってきて一枚一枚見て選《え》り分ける。この作業がおもしろかった。昔の芸能人の結婚や離婚、美人女優の写真、スターのスキャンダル、行きたいと思った外国のホテル、きれいな風景写真など。今見るとこんなのがよかったのかと思ったり、今でもまだいいなと思ったり。

カルロス・ゴーンの20年ほど前の新聞記事ではその業績を称賛されていた。この方がのちに海外逃亡するとはこの頃はまだだれも知らない。ナンシー関《せき》さんの死亡記事はたくさんスクラップしてあり私のショックがよくわかる。ういういしい18歳ぐらいのイチローが宮沢りえを抱っこしている同級生グラビア写真。冬のソナタが流行《はや》り始めた頃のDVDの通販広告。

文章の多い記事は読むのに時間がかかるので今度にしよう。過去の資料の整理は現在の自分の心の整理でもあるので、大変だけどやるとサッパリする。

7月5日（火）

今日も雨。

手ぬぐいの原画をスキャンしてもらいに馬場さんと歴史民俗資料館へ。

スキャンしてもらったあと、資料館の方が館内を案内してくれた。市内の古墳から出土した武器や貴金属、土器などがたくさんあり、遠い昔からここに人が住んでいたことに驚く。いったいその頃はどんな景色が広がっていたのだろう。人々はどんな風《ふう》貌《ぼう》をしていて、どんな暮らしぶりだったのだろう。あれこれ見ながら不思議な気持ちになった。

真ん中のケースに銀片を埋め込んで龍《りゅう》の絵が描かれた「銀象嵌龍文大刀《ぎんぞうがんりゅうもんたち》」という重要文化財が飾られていた。6世紀前半のものだそう。銀を細く切ってうめこんで、それで絵をねえ…としばし眺める。

田の神さあの写真が並んだパネルの前で、これはどこどこにあります、これはあそこの道を入って…と詳しく教えてくれた。今ではなかなか見ることの叶《かな》わない田の神さあもあるらしい。

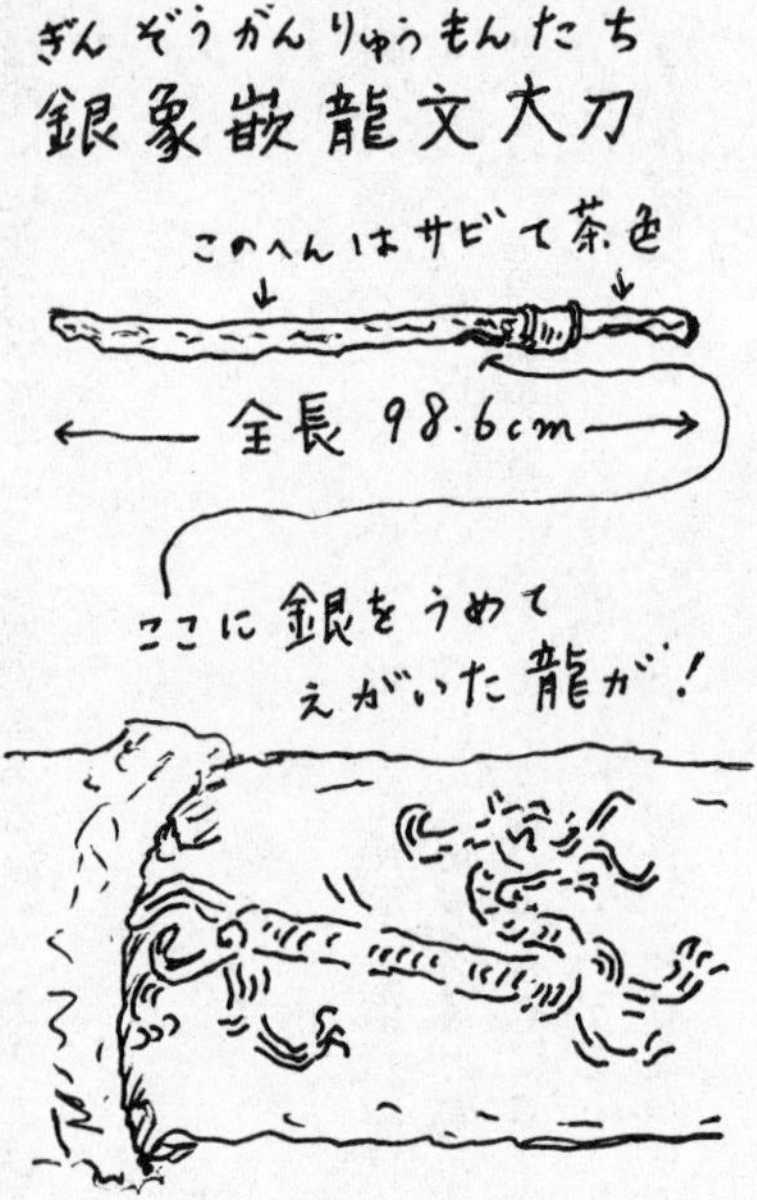

夕方、温泉に行こうとしたら、セッセが道端に立って私の畑をじーっと見ている。日課のジョギングの途中のよう。「なにじっと見てるの？」とうしろから声をかけたら、「いやあ〜。よく育ってるなあと思って」。

セッセは私が無肥料無農薬で野菜を育てていることをいつも「信じられない」と言って驚いたり感心したりしている。

夜、4分割でスキャンしてもらった画像の汚れを取って最後の仕上げをしてから、Photoshopで1枚につなげようとしたらうまくできなかった。途中、間違いに気づいて最初からやり直したりしたのに。根本的なところの設定も間違っているみたいだ。どうすればいいのかわからない。よくわからないのにやろうとしたことが間違いだった。

私にはもう無理と思い、業者さんに任せることにした。根を詰めたのでとても疲れた。集中していたので気づいた時には12時を過ぎていた。

7月6日（水）

途中までのデータを業者さんに送る。これで無理だったら原画を送りますと書いて。

天気はいいのか悪いのか。曇り、晴れ、雨の繰り返し。晴れ間を選んで畑に行ったら草が濡れていて草刈りができなかった。とても蒸し暑い。家に逃げ戻る。

「千と千尋の神隠し」の舞台をHuluで見た。小道具やセットの工夫がおもしろかった。ところどころでプフッと笑えた。カメラワークもよかった。映画と同じところで2回、涙が出た。たくさんの人が出ているみたいに思えたけど、最後に勢ぞろいした時、こんなに少人数でやっていたのかと驚いた。そういえばいつも舞台ってそうだった。それぞれがいろいろな役をやって、みんなで支えあって作りあげているんだった。

夕方、今日はセッセが道路をじーっと見ている。水道工事でかまぼこ型に盛り上がってしまったところ。

「道路を見てるの？」

「うん。直してくれないから、自分で直そうかと思って。少しずつ削ろうかと…」

「段差アリって看板を立ててくれたらいいのにね」

工事から半年以上たったのに今もトラックが通ると家がビーンと揺れる。壁にひびが入ってるかもしれないなあと思う。2階の塗り壁にこのあいだひび割れを見つけたけど、あれはこのせいかも…。先日このことを伝えた水道工事の方からはあれから何も連絡がない。直しますって言ったのに。ビーンがなくなったらいいけど。

手ぬぐい業者さんから1枚につなげた画像が送られてきた。できたんだ！　やった！　うれしい。いい感じになってる。

7月7日（木）

七夕だ。

今日は晴れそうだったので洗濯した。洗濯機が届いてから初めての洗濯。音が、今までのと違うなあと思った。洗濯が終わって蓋《ふた》を開けた時の洗濯物の様子も違った。もつれてひとかたまりになってない。ほぐれていて取り出しやすかった。

朝の畑へ。草がかなり伸びてるなあ。

あ！　スイカだ！

小さなの、3センチぐらいのが3つもできてる。きゅうりネットに這《は》い上がらせているので重さで落ちないようになにか支えるものを考えないと。

夕方、手ぬぐいの色付きの画像が送られてきたので馬場さんたちに早く見せたい。メールしてから温泉へ。6時半に温泉から出てスマホをチェックしたら、馬場さんから3回も電話が来ていた。

おっ、と思い、すぐに電話をかけたら、今、ヨッシーさんと家の前に来ているとのこと。

急いで家に帰る。橋のところに人がふたり立ってる。馬場さんたちだった。

家に戻ってさっそく3人で画像を見る。明日9時にまた会って色の最終決定をすることにした。

7月8日（金）

9時に集まって打ち合わせ。色見本を広げて、あれこれ見比べながら決める。小豆《あずき》のような色と濃紺。

その後、買い物へ。鶏肉《とり》などを買って帰る。

畑に行って、スイカに網をかぶせたり、トマトを収穫した。

昼ごろに家に戻ったらサクからラインが。安倍《あべ》さんが奈良の駅前で撃たれたとのこと。その駅はちょっと前に遊びに行った駅だそう。

すぐにテレビをつけてニュースを見る。重篤な状態という。まあ。

夕方、温泉に行ってサウナに入っていたら、たまにお見かけする自慢屋のおばさまと一緒になった。もうひとり、聞き上手の方がいて大きな声で話をしている。姪御《めいご》さんの旦那《だんな》さんがマンションのリビングで急死したと言う。職業はお医者さん。「まあ〜、まあ〜」と聞き上手の方が熱心に合いの手を入れる。相続のことなど感情的な話が延々続きそうだったのでこれは聞いていられないと思い、いったん出る。

サウナ中断。

髪の毛を洗っていたら、青シャツさんが来た。

「もう終わり？」

「ちょっと休憩してます」

しばらくしたら自慢屋の方が出たのでサウナふたたび。

途中、受付のアケミちゃんがサウナに見回りに来て、「安倍さんが亡くなった」と教えてくれた。脱衣所ではその話でもちきりだった。

夜もずっとテレビのニュースを見る。

7月9日（土）

今日は暑そう。

昼間は資料整理。何年分もの切り抜き記事や雑誌の写真などを1枚1枚見る。記事は読むのにとても時間がかかる。「片づけ」「死」「人づきあい」「芸術」など、あとで仕分けるために赤ペンで書き込む。

なかなか進まない。

おもしろい作者不明の短編翻訳小説を見つけた。雑誌を切り取ったものだ。すっかり忘れていたが。飛行機の中で偶然隣の席に座った人との会話でできている。「君にできる唯一のことは見ることだ。君の魂が真に望んでいるものを与えてくれるのは覚《かく》醒《せい》をおいてほかにない」なんて語る隣人。こんなのをひとつひとつハンモック椅子に座って読んでいるので、ますます進まない。

7月10日（日）

晴れ。

選挙の日。いそいそと出かける。午前10時。混んでいるかなと思ったらポツリポツリで静かに投票できた。

午後は今日も資料整理。ずーっと読み続ける。

7月11日（月）

今日も晴れて暑い。そして今日も家で作業。

畑の赤モーウィが大きくなってきた。

7月12日（火）

ずーっと座って記事の切り抜きやグラビアページを見て、いるものいらないものを分ける。集中するのですぐに疲れる。ひんぱんに立ち上がってはハンモック椅子に乗ったりお茶を淹《い》れる。

数日前から床をアリが歩いている。3ミリほどの小さな黒いアリ。座っている私のまわりをウロチョロしている。掃き出し窓が開いてたかな？　と思いながら、ほうきで外に掃きだす。しばらくするとまたいる。

うん？　どこから入ってくるのだろう。

窓は閉まってる。どこかにすき間があるのだろうか。去年は台所に小さな赤いアリが入って来てた。「アリの巣コロリ」を置いたらいなくなったから、また買ってこようか。

サクからライン。38・8度の熱が出て病院に行ったそう。結果は明日出るそう。コロナかも。

電話して、「細かく報告してね。食べ物ある？　安静にね」と伝える。

7月13日（水）

今朝の空気はさわやかだった。昨日まではムシムシしていた。

空き缶・空き瓶を捨てる日だったのでゴミ置き場に出す。私の袋はほぼ生ジョッキ缶でいっぱい。最近はスパークリングワインにも飽きて、この生ビール風の缶ビールを毎日飲んでいる。

隣の袋が目に入った。みんなそれぞれにお気に入りの飲み物があるようで、キリンのなんとかっていうのばかりのや、淡麗ばかりの袋、ジョージアの缶コーヒーの袋、栄養ドリンクの袋、と並ぶ。ふふっと微笑ましく感じる。

畑の赤モーウイ、表面がひび割れてきた。熟れた合図だ。そろそろ収穫しなくては。

今日は王位戦第2局。8時半から中継が始まるのでその前にホームセンターへ。

今日の午後にコンロの取り付けがある。高さをすこし高くしたいので下に敷く何か、タイルかブロックかそれ専用のものがないか、見に行く。家に厚さ1センチのタイルがあるのでそれを重ねてもいいかなとも思う。とりあえず行ってみよう。

よさそうな厚さ3センチのレンガがあった。でも家のタイルを重ねてもいいかなあ。まだ買わなくてもいいか。設置の様子をみてからにしよう。

なすとピーマン用のイボダケ20本と「アリの巣コロリ」を買った。

家に帰ってすぐに「アリの巣コロリ」を置いてじっと観察する。今、アリが15匹ほどいる。何匹かが中の白い顆粒《かりゅう》をつかんでどこかへ行く。どこから入ってきたのだろう。それを知りたい。目で追いかけていくと窓枠の下へ消えていった。

私は玄関から外に出て裏に回り、その窓枠を外からながめる。辛抱強く待っていたら白い顆粒をかかえたアリが下から出てきた。ここか！

しばらくこのままで様子をみよう。

自然農の本ができたので、将棋を見ながら書店に送るサイン色紙を書く。約50枚。コツコツ書いていたら、ピンポーンが鳴って、コンロが来た。

今までのを取り外してもらい、すぐに台の掃除。用意しておいたアルミたわしと雑《ぞう》巾《きん》で必死になって汚れを落とす。

設置してもらったら、高さが前のよりも少し高かったので大丈夫だった。焦げつき消火機能があるので消し忘れても安心。前の3つ口コンロも好きだったけど、まあしょうがない。

引き続きサイン色紙を書く。

サクから連絡があり、陽性だったそう。熱は昨日よりも下がって37・5度。だいぶ楽になったって。しばらく自宅待機。欲しいものがあったらフレッシュ便で送るからと伝える。

色紙書きが終わったのは午後6時。

ちょうど将棋が終わったのと同じ頃だった。

サクから。会社の人が食料をたくさん持ってきてくれたって。わあ。うれしいね。

セッセが道路の盛り上がりを少し削ったら、前よりも振動がひどくなった気がする。そう言ったら「まさか」と驚いている。

「表面じゃなくて地面の中を通って響くんだよ。だから削ったことでますます響きがおかしくなったんだよ。素人がやるもんじゃないんじゃないの？」とぷりぷり責める。
とにかくもう少しやってみる、とのこと。水道工事の人が早く直してくれないかな。

7月14日（木）

王位戦二日目。

始まる前に畑で作業。草を刈ったり、イボダケの支柱を立てたり。

赤モーウイをついに収穫した。去年、先生から購入した赤モーウイの種を取っておいて、それからできたもの。感無量。

セッセが削ったところを改めて見てみたらとても小さかった。これだと影響はなさそう。昨日は言い過ぎたと思い、すぐに謝りのメールを送る。頭の中で大きくなったんだ。そういうことよくある。考えすぎて心配事がどんどん大きくなること。

今日も観戦しながら資料整理。ノートに貼りつけたメモをチェックする。なんでこれを？　と思うものもあった。「カカオ」と書いた紙。この字の感じがよかったのだろうか。

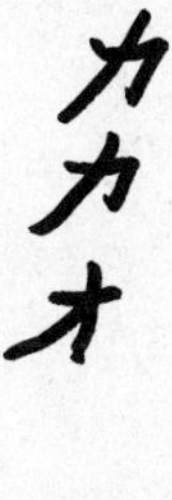

お昼ごろ、サクに電話する。具合は昨日と同じぐらいだと言う。ほしいものある？　と聞いたら、のどが痛いのでゼリーみたいなものがあればいいかも、ソーメンとか、と言うのでライフに注文した。ゼリー飲料たくさん、飴《あめ》、ソーメン、ソーメンつゆ、ビタミン剤。午後4時から6時の間に届くそう。とても便利。

セッセが来て、しげちゃんが理容室のつゆこさんからいただいたという赤い花を畑の土手に植えてくれた。鉢でもらった花が育ちすぎて、つるがあっちこっちにのびているのを見た私が畑の土手に植えようかと提案したのだ。

これはなんという花だろう。真っ赤な花。朝顔のような形でつる性。南国の花っぽい。そしてとても強そう。でも越冬はしないかも。

セッセは道路を削るのはやめるそう。このあいだ来てくれた人が工事をなかなかしてくれないので別の水道工事の人に一度見てもらって相談しようかと思うというので、「その時はぜひ私も話を聞きたい。聞きたいことがたくさんある」と伝える。家が響く原理とか、対処法などあれば。いろいろ質問したい。

7月15日（金）

昨日の夜中にすごい雨が降った。

雨の音で目が覚めた。雨雲レーダーを見たら線状降水帯の真下だった。時に恐ろしいほどの雨だった。

朝。目が覚めて庭を見たら特に変化はなかった。あんな雨だったのにすごい。ヤフーニュースにも出ていた。1時間に120ミリの雨だったそう。

テーブルのまわりにアリは1匹もいなくなった。よかった。

コロナに感染した人が知り合いにもポツポツ出てる。それだけ広がってるってことだ。

印刷所の方がいらして、新しい見本を持ってきてくれた。ボードに私の描いたイラストを印刷してくりぬいたもの。色が茶色くてクッキーみたい。立てることもできた。なにかひらめいたらこれでかわいいものができるかもしれない。いつかひらめいたら。

温泉に行ってサウナに入っていたら、すごい音。

土砂降りだ。駐車場の車まで行くのに濡《ぬ》れるかも。

来た時に着ていた服をまた着て、お風呂《ふろ》上がり用の服は家に帰ってから着よう、と脱衣所で考えていたらおっとりさんも同じことを考えたようで、そうすると言う。

夜は、手羽元と赤モーウィの黒酢のサッパリ煮を作る。

7月16日（土）

今日も一日中、資料整理。

メモや切り抜きをひとつひとつチェックする。すると！

なんと、去年探しても探してもみつからなかったつれづれノート㊵用のイラスト2月から4月分がみつかった。切り抜きやメモを挟んだクリアファイルの中の、より小さなクリアファイルに入っていた。こんなところにあったとは…。あんなに探したのに。

しかも、思い違いがあった。防衛大学の卒業式の帽子を放り投げてるイラストはもっと大きな紙に描いたつもりだったけど実際は10センチぐらいの大きさだった。「ケーキ」と「自分が殻を破って生まれ変わる」のイラストは新しく描いたけど、今見比べるとオリジナルの絵にかなり近いのが笑える。悔しいのでそれらのイラストを入れておきます。

夕方温泉に行って、あっというまに一日が終わった。

だれにでもいい顔をする人は、だれかにうそをついている。

7月17日(日)

棋聖戦第4局。今日も楽しみ。

将棋を見ていたらしげちゃんとセッセがやってきた。きょうは日曜日だった。セッセが私のところに行くよと言ったら、しげちゃんは今日も「帰ってきてるの?」と新鮮に驚いていたらしい。

「過去にも未来にも縛られずに一瞬一瞬を生きてるね。今に生きる。それこそ悟りの境地だね」と私。

連日の資料整理中に出てきた和紙の切り紙をあげた。青系統の色の和紙で作ったさまざまな雪のデザイン。

4年前に伊豆《いず》で参加した「大地の再生講座」の資料があった。なつかしい。矢野《やの》さんの片づけの方法。物は見せて片づける。動かしすぎない。すぐ使えるように、風が通るように配置する。奥にしまい込むと目に留まらない。風通しと人の動線

なくしたと思っていたイラスト

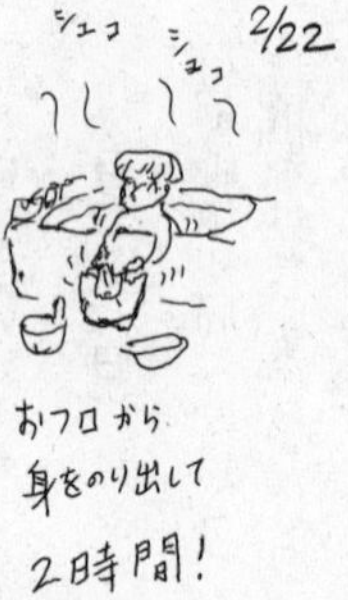

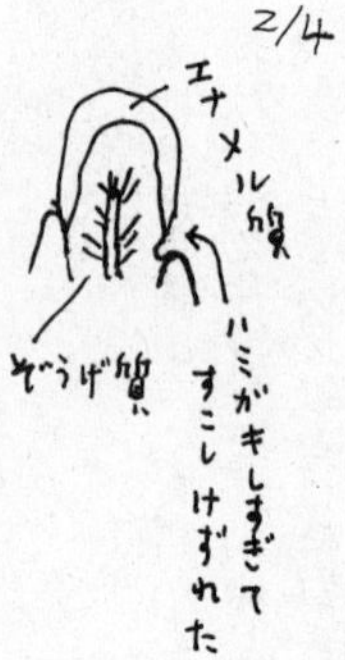

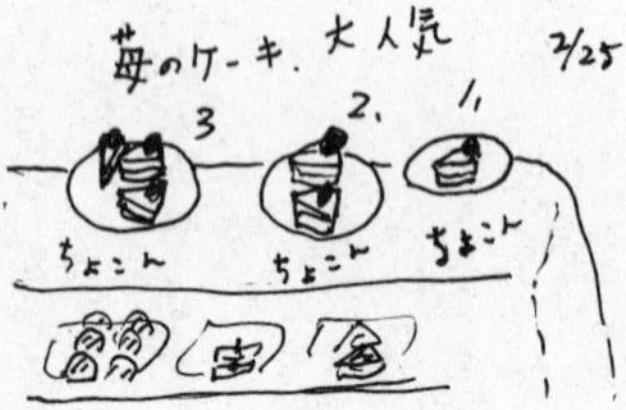

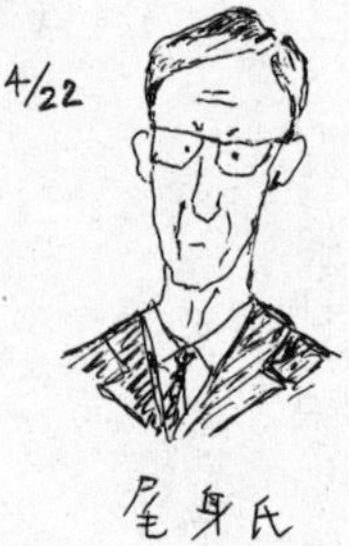

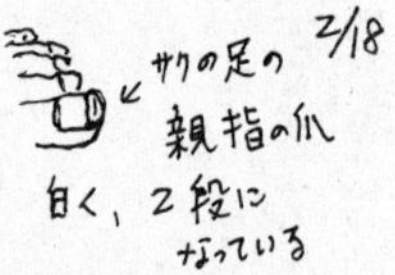

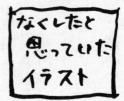

ピキッ
ピキッ
つるぴか
3/12

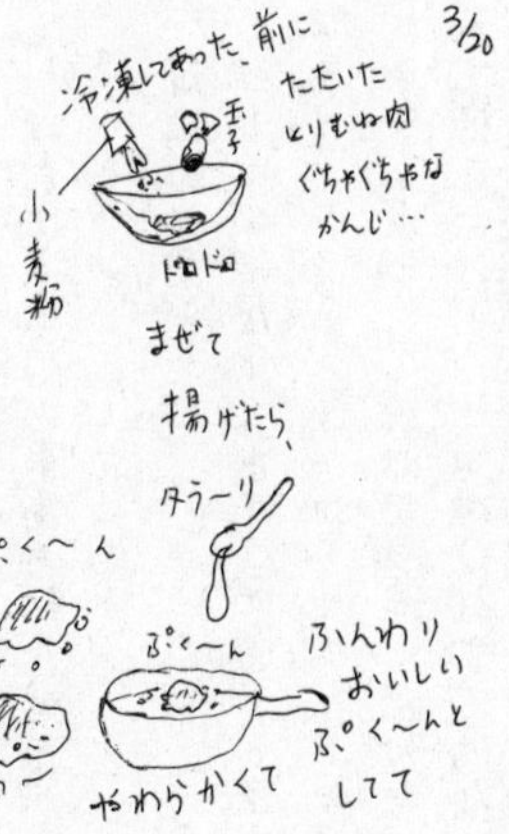
3/20
冷凍してあった 前に
たたいた
とりむね肉
ぐちゃぐちゃな
かんじ…
小麦粉
卵
ドロドロ
まぜて
揚げたら
タラーリ
ぷく〜ん
ぷく〜ん
ふわ〜
やわらかくて
ふんわり
おいしい
ぷく〜んと
してて

3/23
防衛大の卒業式
無数の黒い点々!!

3/23
りんじ しゅうにゅうへ
ウキ
ウキ
りんじ
しゅう
にゅー

を考える。

これ、今やってる片づけにも応用できる！

幸福とは技術《テクニック》である。

7月18日（月）

シトシト雨。

燃えるゴミを出しに行こうとして玄関から一歩出たところで気づいた。今日は休日。ゴミ袋をガレージに置いて、庭を見回る。

花の咲かないバラがある。小さなのが4つほど。木の陰になっているからかな。でも日なたにあるものもある。なぜ花が咲かないのだろう…。

畑に行ってみた。

ピーマン、なすはまだ小さい。トマトだけはたくさん生《な》ってる。トマトは4種。ステラミニトマト、チョコトマト、ドライ用のトマト、中玉トマト。この中で食べてみておいしかったのはステラミニだけだった。チョコトマトはチョコという名前に惹《ひ》かれて植えたけど、チョコは甘さではなく色が暗いということだった。それほど甘くない。ドライ用は生食にはむかないと書いてあったし、中玉トマトは雨が多いせいかもしれないけど薄味だ。とりあえず赤くなったものは収穫して、食べ切れない分は半分に切って乾かしてから冷凍している。トマトソースをいつか作ろう。

ガスコンロのレシピブックを見ていたら、おいしそうなチキンのはちみつローストのレシピがあったので作ってみた。

グリルを開けてびっくり。黒こげだ。どうして？

レシピでは大きな一枚のもも肉だったけど、私のは細切れだった。なので火が回りすぎたのだろう。くやしい。すぐにリベンジしたい。

黒こげの部分をよけて、わずかに残った焦げていないところを食べた。硬かった。

7月19日（火）

今日も雨。変な天気。ものすごいどしゃ降りが断続的に起こる。

だらだらと資料整理したり本を読んだり。

午後、買い物に出て小イカや海老《えび》、鶏《とり》のもも肉を買った。明日は王位戦なので食料を買いだめする。

夕方、温泉に行ったけど、お客さんが少ない。豪雨とコロナの影響か。

夜は小イカの煮つけ。海老のマヨネーズ焼き。

7月20日（水）

王位戦を観戦しながら今日も資料整理。

天気は昨日までと同じ。土砂降りになったり日が射したり。湿度が高くてベタベタしている。

庭にちょっと出て家に入る。しばらくして足がかゆくなった。

蚊か！

うう…。

干し芋を炙《あぶ》っておやつに食べていたらまた何かを感じた。足を見ると、小さな蚊が刺している最中だった。

パチン！

やった。血が出てる。かゆい。数えてみたら、その小さな小さな蚊が全部で6カ所ぐらい刺していた。短い間にずいぶんやったものだ。かゆさがどんどんひどくなってきた。かゆみ止めを塗る。蚊に刺されるとしばらくはかゆくて何もできない。

終日、将棋を見て、資料がいくつも積まれた部屋で寝る。

ドサドサッと大まかに分けた資料の山が20山ほど。これらの中身をより細かくジャンル別に分ける作業もまた大変。少しやりかけて、あまりの大変さに、ふう〜と脱力して、今日はもうやめた。

そうそう。今日の将棋の立会人は福崎文吾九段だった。またまた笑った。解説の女性棋士の方も笑ってしまって話せないほどだった。

7月21日（木）

昨日は畑に行かなかったので、朝、ゴミ捨てのあとに行ってみた。

雨でトマトや菊芋が倒れていた。おお。草もかなり伸びてる。でも今日はできない。将棋がある。

明日だ！

明日は天気も回復するようなので、明日こそ、めいっぱい畑のことをやろう。完全防備で隅から隅までやろう。

頑張れ！　自分。

将棋のお昼休憩に合わせて郵便局へ荷物を出しに行く。会計を待つあいだ、かたわらの切手に目が行く。切手って、ついつい見ちゃう。

そうしたら、なんと、またいいのを発見。あの「おいしいにっぽんシリーズ」だ。名古屋バージョン。これと…、あと、四角い、お花のイラストのがよかったので、それぞれ2シートずつ買った。おいしいにっぽんシリーズは84円のしかなく、63円のデザート編はなかった。家に帰って調べたら、すごくかわいくておいしそうで、悔しさにうなった。

ちょっと前の夜中に、メルカリでつい注文してしまったものがある。

それが届いた。2センチぐらいの木の丸い切り落とし。何かを作った時に出る切り落としを集めたものみたい。3500円だったので、ちょっと軽率だったかなと思っていたけど、30センチ角の段ボール箱を開けてびっくり。すごくたくさん入っていた。今すぐには思いつかないけど何かに使えそう。

自然農の本を、いつも見ている「島の自然農園」の山岡《やまおか》さんに送ったら、動画で紹介してくれた。動画で紹介しますとお礼のメールの中に書いてあったので、いつかなあ、どんなふうにかなあ…とぼんやり思っていたら、すごくうれしい感じに、だった。まなちゃんと一緒に並んで。

私はおふたりの動画をこの1～2年、じっと、時に食い入るように見ていたので、性格みたいなのがなんとなくわかる。この人たちは本当の気持ちを話そうとする人たちだと思うので、どんなふうな感想を言ってくれるのか、とても楽しみだった。そうしたら、思った通りと思った以上だった。自然農という共通点を持つ仲間からの、うれしい感想。笑いながら、泣きながら、聞いた。

王位戦3局目は藤井王位の勝ち。これで2勝1敗。

7月22日（金）

晴れている。

さあ、ちゃんとした手入れは数週間ぶり、という畑へ。朝の7時。完全防備。黙々と準備して出発。

草の茂りに茂った畑。

まず、電動バリカンで道路わきの草刈り。ズンズン切れる。赤モーウィのつるが斜面まで伸びてきている。鉄の扉の中を通って。そのせいでもう扉を閉められない。

こっちに瓜《うり》ができてもいいよ。どんどんおいで。

それから畝の肩にぼうぼうに茂った草刈り。全面がそうだったので途中に2回休憩を入れてようやく刈る。

そして、野菜の脇やあいだの草はノコギリ鎌で。倒れていた菊芋を支柱に縛りつける。ぐにゃぐにゃにのびたトマトの茎をほどいていくつかのイボダケに結わえる。

さつま芋の種芋からまた芽が出ていた。もう遅いかもと思いながらも、そのままにできなくて取って植えた。11本もあった。秋までに実が太らないかもしれないけど。

ズッキーニが2年がかりで初めてひとつ、実った。

今まで食べていたズッキーニの実は4センチぐらいで、あれは全部受粉していない雌花のつけ根だったのだ。受粉した実はまったく違った。緑色で、ぐんぐん大きくなった。2種類植えたズッキーニの苗の中で活着したのは、1種類だけ。大きさ15センチのミニズッキーニ。バンビーノという種類。

初めてのズッキーニ。すごくうれしい!

赤モーウイは2個目。あまり野菜がない時期なのですごく助かる。生でも煮てもいいからいろいろな料理に使える。

今はトマトがたくさん採れる。なすとピーマンはまだ小さい。きゅうりは数日に1本というちょうどよさ。

11時まで一生懸命に作業して、終える。シャワーをあびて、ゆっくりする。4時間働いた。ぐったり。でも、このぐったりがいいんだった。このぐったりがないと疲れないし、夜の眠りが深くない。ぐったり、バンザイ。

夜はとうもろこしと塩麹《しおこうじ》の炊き込みご飯を作ろう。ストウブ鍋《なべ》で。お米を洗って、とうもろこしを出して、昆布を出して…。あ、塩麹を買い忘れてる。あわてて着替えて塩麹を買いに出る。ついでにカシューナッツなんかも買った。買ってきた。10分炊《た》いて、10分蒸らす。できた！

おいしく食べた。2杯。

7月23日（土）

今日も朝から畑へ。6時半。

今日は小豆《あずき》と赤モーウイのあいだの草を刈ろう。間違えて切ってしまった！ 赤モーウイのつるを1本、間違えて切ってしまった！ 悲しい。でもそれ以外のつるは大丈夫だ。気をつけよう。

11時まで、朝びっしょりになって働いた。

丸い木の切り落とし。よく見てみたら、これは板のふしを抜いたものだ。わーい。うれしい。丸いふしがいっぱい。木の屑《くず》などが入っていたので、外に出してふるいに入れて屑を払い落とす。

しばらく外に出して、風を当てよう。


今日は夜8時から川原で花火があがる。いつもなら夜店が出て賑《にぎ》やかなのだが、コロナで花火だけをあげるそう。時間前に携帯椅子をかついで堤防へ。人影まばらなあたりに椅子を置いて座る。木綿のモンペを履いてきたのが失敗だった。いきなり蚊に数カ所刺された。かゆい。蚊に刺されるとテンションが下がる。

空を見上げると北斗七星がよく見えた。その北斗七星と私のあいだに花火があがった。

煙が左の方にゆっくり流れる。空が真っ黒で、くっきりきれいに見えた。

家に帰って見たら蚊に5カ所ぐらい刺されてた。

7月24日（日）

今日も6時半に畑に飛び出す。

草を刈って、敷く。草を集めていた時、剪定枝《せんてい》置き場にカラスウリの花を見つけた。レース糸のような白い花。わあ。これ、欲しかった花だ。種ができたら庭に蒔《ま》こう。

畑のゴマに花が咲いた。ピンク色。わあ！　早い。このあいだ種を蒔いたと思ったら。それから小豆にも花が咲いていた。黄色。こっちも早い。

しばらくしてしげちゃんとセッセがやってきた。しげちゃんは髪をカットしたそうでサッパリとなっていた。「トマトがたくさん生《な》ってるね。トウモロコシはもう片づけたら？」と畑を見ていろいろ感想を言っていた。


午後、道の駅にいちごかき氷を食べに行く。水玉さんが、「いちご農家の方がかき氷を販売していておいしいよ」と教えてくれたから。

近くの高校生の女の子が3人、お手伝いしていた。

「おいしいと聞いたので買いに来ました〜」と言ったら、「わあ。ありがとうございます」と喜んでいた。凍らせたいちご数個と白い氷を機械に入れて削っていく。シャカシャカと削られたいちごと白い氷にいちごのシロップと練乳をかけてもらった。外のベンチに座ってゆっくり食べる。かき氷というよりもいちごの冷たいデザートを食べた気分。

そのあと、中でちょっと買い物をして帰る。

風に当てていた木のふしを家に入れて、シートの上に広げてみた。かわいい。周囲にささくれみたいなバリが出ているのでハサミでちょこちょこ切っていく。100個ほどやったら疲れたのでやめた。これ全部はさすがに大変か。それともひまつぶしに時間をかけてやるか。

温泉のサウナで水玉さんと話す。

私「小玉スイカを買ったけどあんまり甘くなかった」
水「道の駅にいつもみかんを売りに来てるおじちゃんのスイカはおいしいよ」
私「ああ。外でね。大きいスイカだよね」
水「こないだ、割れたって言って持ってきてくれたからみんなで食べたよ」
私「いいなあ。あんな大きいスイカ、ひとりだと絶対に買えない」
水「半分こしようか。今度買ってきてあげるよ」
私「うん。いくら?」
水「2000円。今の夏ミカンもすごくおいしいんだって。見た目は悪いけど」
私「ああ。かき氷を食べた時に見えたよ。変な色だった」

今、私はちょっと実験してみようかなと考えていることがある。それはひとり暮らしで、外食をしない今だからできること。

なにかというと、1カ月ぐらい、添加物をとらない食生活をしたらどうなるか、ということ。完全にはできないかもしれないけど、可能な限りやってみたい。袋に入った市販品はまず食べない。家にある調味料はよくチェックする。よく使っているだし入りみそはダメ。いつものカレー粉もダメだ。

1カ月、まず1カ月やってみたい。8月の初めにサクが帰ってくるかもと言っていたので、そのあいだは無理そうだからそのあとから始めたい。

味覚や体調に変化があるか。やると思うと、非常に楽しみ。

7月25日（月）

今日も6時すぎには畑へ。草を敷いたり、収穫したり。そのあとは庭へ。こちらも草刈り。草というか、伸びすぎたシダの葉などの地上部を刈り取る。

4時間ぐらいやって、今日の作業は終了。

途中、セッセがペットボトルを手に「水を少しもらっていいでしょうか」とやってきた。「いいよ」と言ったらガレージの蛇口から水を入れて、あの赤い花に水をかけている。「この花だけは枯らしたらいけないと思ってね」

お昼ごはんのあとは室内の仕事。

「静けさのほとり」の録音をしていたら、最後に電話が鳴って驚く。「あっ！」と慌ててしまい、大きな声が録音されてしまった。電話は遠くに置いておかなくてはいけなかったのに。申し訳ない。

録音を終了して電話に出たらヨッシーさんで、「うなぎはいりませんか？」と聞くので、ふたつ返事で「いる」と答える。今、近くにいるので持ってきてくれると言う。わーい。

外でセッセが作業していたので話しながら待っていたら来た。真空パックのうなぎのかば焼きをもらった。いただき物で、3つもらったのでひとつ、って。さっそく今夜食べよう。セッセと3人でしばらく立ち話する。私たちは親戚《しんせき》なのです。おじいさん同士がいとこ？　とかなんとか。何度聞いても覚えられない。

前にヨッシーさんの家の前を通った時、セッセに「もうすぐコンクリートの庭があるから見てて！　左にあるよ！」と教えたことを私は忘れていたけどセッセは覚えていて、土地や庭の管理の大変さを知っていて、昔も今も苦労しているセッセは、コンクリートで覆った気持ちにとても共感しているので、「とてもよくわかります」と熱心に話していた。「あの庭を見るたびに感動する」と私もひとこと。

本当に素晴らしいコンクリートの庭だ。その中でも特に素晴らしいのがコンクリートの花壇。

「自分に卒業証書をあげました」と語るヨッシーさん。何十年も庭を管理してきて、ずっと草むしりもしてきたので、もう、もう、もういいでしょうと思ったのだとか。

全国の庭管理苦労人たちの共通の願いかもしれぬ。でも、たまに見学に来る人がいるけど本当に同じように覆った人はまだいないそう。

木のふしのバリをハサミでチョキチョキ、をまた少し。

サウナで。

水「スイカ、買ってきたよ。重い重い」

私「わあ。ありがとう」

それから、今日うなぎをもらった話をした。

私「真空パックされてるから湯煎《ゆせん》して食べよう。湧水町《ゆうすいちょう》のうなぎ屋さんのうなぎを昔からよく買って食べてるけど、買ってきたうなぎってやっぱりちょっと硬いよね。あれ、ふわっとできないかなあ。お店みたいに。一度蒸し器で蒸してから、フライパンでタレを絡ませるといいかもね」

水「人吉《ひとよし》のうなぎ屋さんがおいしいよね」

私「あそこはおいしいよ」

帰りに大きなスイカの半分と、おじちゃんにもらったという夏ミカンを1袋受け取る。

「明日は日向夏《ひゅうがなつ》をもってくるって」

本当に大きくて重い。小さなはかりで重さを量ろうとしたらエラーになった。夏ミカンは10個もあった。そのうち3個は腐っていたのでゴミ箱に捨てた。完全に腐っているのが1個、半分だけ腐っているのが2個。ふと、思って、半分だけ腐ってる2個をゴミ箱から拾い出し、包丁で切って悪くなってないところを食べてみた。すると、ものすごく甘くておいしい。やっぱり。腐る直前がいちばん甘い。

これはおいしい、とうれしくなって冷蔵庫に入れる。

大玉スイカの方は、意外にもあまり甘くなかった。これだったらこのあいだ買った小玉スイカの方がまだおいしかった。

7月26日（火）

早朝から畑と庭仕事。

庭で草刈りをしていたら、外から話し声が聞こえる。なんだろうと見てみると、自転車から降りたおばあさんがセッセと何か話してる。また何かの勧誘かなと思って聞き耳を立ててると、どうやらそうじゃなさそう。「私の家はすぐそこの…」と指さしてる。そしてふたりでそっちの方へ歩いて行った。頼まれごとか。

花の咲かないバラをついに根元から切ることにした。小ぶりのバラが、あちこちに4つほど。たぶん一度も花が咲かなかった。バラを切るときは、バークたい肥が入っていた分厚いビニール袋と革の手袋を用意する。注意していてもすぐに腕や足に刺さって、とても痛い。

今まで、ちょっとした作業の時にもよく刺《とげ》が刺さっていたのでせいせいした。

塀の脇にまた大きな穴を発見。手を入れてみるとモグラの穴に続いている。アナグマかなにかがモグラを狙って掘ったのだろうか。

刈った草や剪定《せんてい》枝を細かく切って穴をふさぐ。

半分のスイカの半分をセッセとしげちゃんに持って行く。

「あんまり甘くないけど…」と言いながら。そして、今朝のことを聞いた。やはり人助けだった。日よけをかけるための何かを取り付けてほしいと言われてつけてあげたのだそう。大工さんに頼んでも全然来てくれないんだって。

「いいことしたね。私もしみじみ将来のことを考えたよ。同じような状況になったらどうするかって。今、毎日やってるちょこまかしたことをもし人に頼むとしたらすごく大変なんだよね。そのことを考えて…、今から先のことを、年とっても暮らしやすいように、いろいろ考えようと思った…」と話す。

道の駅の新規出品者の審査に行く。やっとだ。申し込んでから4カ月。ポストカードを見せて、小声で説明をした。なんとなく場違いな感じがした。まあ、どうなるか。流れに任せよう。

帰りにスーパーへ。うなぎのことが気になり、実験してみることにした。パック入りのうなぎを買う。

サウナで、スイカがあまり甘くなかったことを話す。スイカはむずかしいね〜と。でも夏ミカンはすごくおいしかったよと伝えた。

帰り、今日は日向夏をもらったと言って、私にくれた。水玉さんはいらないんだって。日向夏も見た目が悪い。

夜。今年初めてゴキブリを見た。スッキリとしたきれいなゴキブリだった。つやつやして、精悍《せいかん》そうな。人で言ったら少年から青年へと移る頃合い。とはいえギョッとしたので、明日、殺虫剤を買いに行こう。

7月27日（水）

早朝、カーカからライン。体温計の写真。38・1度。あら。

いろいろ聞いたら、症状もコロナっぽい。カーカもか。

朝ごはんにうなぎを蒸し器で蒸す。充分に蒸してから、フライパンでタレを絡める。食べてみた。柔らかくはなっているけど、お店で食べるような柔らかさではない。やはり難しい。でも次は湧水町のうなぎ屋さんのうなぎを蒸してみたい。いろいろ工夫してできるだけやってみよう。どうにか近づけないか。

カーカにスポーツドリンクとゼリー飲料とレトルトのおかゆと春雨スープを注文す

る。明日、届く予定。

ホームセンターに行って、ゴキブリの殺虫剤とホーム玉ねぎを買ってくる。ホーム玉ねぎは去年うまくいかなかったので今年はぜひうまく育てたい。

12個入りの殺虫剤を台所の隅などに置いていく。

午後、テーブルと窓のリフォーム工事のために職人さんたちが来る。テーブルは高さを低くするために造りつけ部分を解体する。

窓については、3カ所の窓が斜めになってしまって、取り換えなくてはいけなくなった。1カ所は雨が染みこんできていた。でももうその窓は製造されていなかったので特注で作ってもらうことにした。見積もりを出してもらったら、ハッとするほど高かった。でも、それしか方法がないのでしょうがない。すごくいろいろ考えて工夫して設計図を描いてくださった様子。

その3つの窓をこれからは大切に使おうと思う。

カーカに送ったゼリー飲料。マスカット味を6個送ってた。間違えた。

と言っても他の味と間違えたというのではなく、味を確認してなかった。もし選ぶならグレープフルーツ味にしただろう。

時間が空くたびにコツコツ、バリを取る。

現場監督の立山さんがひとりで作業をされている時も少し離れたところでコツコツ。

そして、今まで2回ほど「思ったより高かった」と小声で伝えていたのだが、「あの窓の料金、もしはめ殺し窓にしたら安くなりましたか？」と未練たらしく尋ねてみる。すると、それほどは変わらないでしょうとのこと。それを聞いて安心した。

今日の温泉は人が少なかった。

ほぼひとりだった。たまにもうひとりいたぐらい。

そういえば数日前のこと。温泉からあがって脱衣所で着替えていたら、窓のところで何かが動いている。

なんだ？　と思ってじっと見た。

ガラス戸の外の廊下のそのまた外にある男風呂《ぶろ》で人が体操していて、そのシルエットがちょうど夕陽に照らされて、あいだにある分厚いカーテンに影がくっきり映っているのだった。

そのことをまわりにいる人に話したら、近くにいた方が、「前もそうだった。いつもそう。この時間、体操してる」と言う。

なるほど。影を見ると、腕立て伏せかなにかをしているようだ。

この時間、夕陽に照らされてシルエットがこっちに映るのか。気をつけなければ。あっちと10日交替だから。でも、その場所はデッドスペースになっていて普段誰も寄りつかないので大丈夫だろう。

夜。ゴキブリ殺虫剤を置いたのに、またゴキブリがちょろちょろしている。でもあれを置いたからと思い、私は平然としていた。そのうちいなくなるだろうと思ったから。シンクの上を歩いているゴキブリ。ごく至近距離だ。でも平気。

7月28日(木)

今朝、昨日買ったホーム玉ねぎを植えつけた。トウモロコシの枯れた茎をところどころ残して、そのあいだに。

今日は特に暑い。やることもあまりなかったので早めに上がる。

そういえば昨日、立山さんにずっと気になっていた音を聞いてもらった。それはガレージと渡り廊下のあいだにあるガラスの引き戸の音で、いつのころからか閉める時に耳に触る金属音がする。気になっていたけど原因がわからない。

「ちょっと聞いてください」と戸を閉めて聞いてもらったら、瞬時に「ここですね」と下の方を指す。

「台車か何かが当たったんでしょう」

見ると、ちょうど下から10センチぐらいのところ、台車の高さあたりの枠がへしゃげて、戸にぶつかっていた。その外の枠も同じ高さのところが少し曲がってる。

「ホントだ！ 私は上の方から聞こえてる気がして、上ばっかり見てました」

下だったとは。そして、ペンチみたいなのを持ってきて、まっすぐに直してくれた。閉めてみると…、金属音もなくスタッときれいに閉まった。

ヤッター！

長年の気がかりが解消した。バンザーイ。


カーカの今日の具合はどうだろうか。

聞いてみたら、熱は下がってきたそう。病院にも行って、陽性だったって。送った食料が届いたって。


午後、道の駅に行って書類をもらう。ポストカードを販売できることになってうれしい。JAバンクに口座を作りに行ったら、ちょきんぎょのタオルをもらった。おお。

サウナ用のタオル、新しいのが増えた。


温泉へ。今日も人が少ない。

温泉、サウナ、水風呂にゆっくり入って、気分よく出る。

すると、脱衣所へ行く廊下から男風呂に入ってる人の影がカーテンに映ってるのがまた見えた。またおじいさんが体操してる。

この時間、夕方の6時ごろ。夕陽が射して。

腕立て伏せ、スクワットなど、動いてる足やおしりの一部が揺らめくカーテンにくっきりと映っている。

きゃあ〜。あわてて顔をそむける。

まわりのみんなも苦笑い。

この季節、この時刻、数々の条件が重なると現れる、シルエット劇場。

7月29日（金）

今日はとても暑い。

昨日作ったJAバンクの口座を書き入れた書類を道の駅に持って行く。次は出荷物申込書だ。これに品名を書き入れて提出すると機械から値札シールが出てくるようになるらしい。品名に書ける文字は最大10文字ということなので、10文字以内になるようにカードの名称をじっくり考える。

昼間は家でいろいろ。夕方、温泉に行く。今日も常連客は少なめ。そのかわり夏休みになったせいか親子連れなどが多い。曇っているのでシルエット劇場はお休みだった。

夜。ポテトフライを作ろうと思った。

小ぶりのじゃがいもをくし切りにして油で揚げる。揚げたじゃがいもをボウルに入れて塩コショウをふりかけた時、ふと、カレー粉をちょっとだけ加えたらおいしいかもとひらめく。カレー粉の瓶があった。蓋《ふた》を開けて、斜めに傾けて、すこ〜しだけふりかけようとしたら、ドサッと落ちてしまった。1センチぐらいの山になってる。シヨック。他のお皿に移し替えながらカレー粉をはたく。それでもカレー粉まみれ…。

7月30日（土）

台風が近づいているようで夜中にたくさん雨が降った。ザーザーいってた。

畑に出て、トマトやきゅうりを収穫する。トマトがたくさんたまったのでトマトソースを作ろうかな。今日と明日の二日間で次のつれづれの原稿チェックをする予定なので、そのあいだにトマトを煮詰めよう。

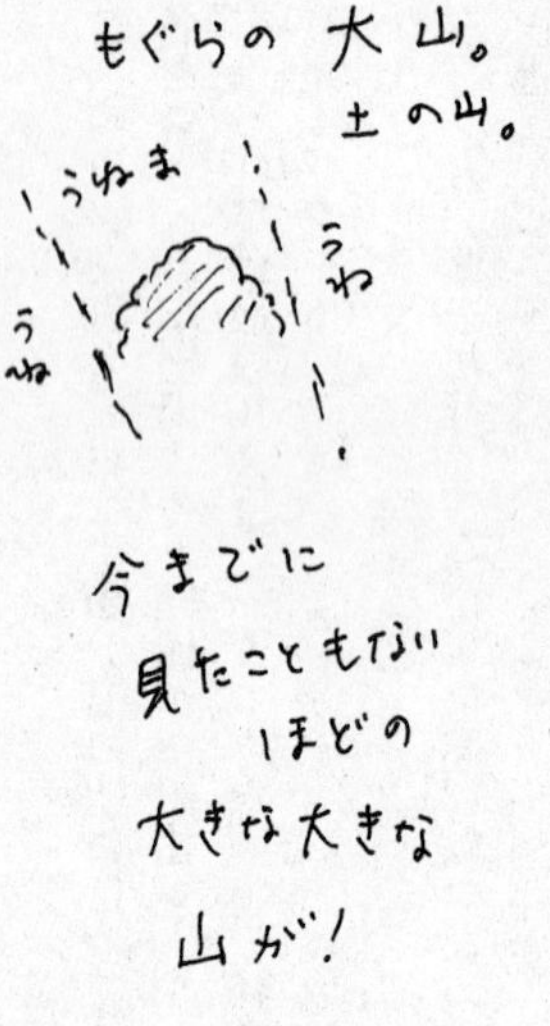
もぐらの大山。
土の山。
うね
うね
今までに
見たこともない
ほどの
大きな大きな
山が！

もぐらの穴から掘りだされた土の山。数日前にものすごく大きな、今までに見たこともないほど大きな土の山が畝間にできていた。あまりにも大きかったので、いつもならモグラドームを見つけたら足で踏みつぶしていたんだけど、その大きな山を見て急に脱力し、もうそのままにしておいた。その山が、雨に打たれたにもかかわらず、まだ盛り上がっている。近づく気にならない。しばらく放っとこう。

家に帰って、7月最後のほとりの録音。

つるつると言葉が出てきて楽しく話せた。終わって、じっくり聞き返したほど。その時に話したことで、そうそう、と思ったこと。

今、世界では毎日さまざまな事件が起こっているけど、私の生活圏内はいたって平和だ。車で半径15分というのが私のストレスのない生活圏で、その中で家と畑と買い物と温泉をくるくる。静かにのんびり暮らしてる。その生活圏の中に世界の事件が侵入してきたらそれに対処するけど、侵入してこないかぎり、私はここで同じように暮らすしかない。侵入してくるかもと心配してもしょうがない。それは、そうなってから考えよう。なので私はここでのんびり暮らしてる。

とはいえ、時には「あちゃ〜」と心が暗くなる大失敗をたまにやらかしたりはしてるけど、それはよくあること。命にかかわるようなことではない。

昼間は仕事。
やる前にまた木のふしのバリ取り。途中も何度かふらふらと近づいてバリ取り。
気分転換にとてもいい。
今日はあまり仕事が進まなかった。明日がんばろう。
アーティストは客の言うことを聞いてはいけない、というのが私の持論。政治家や

物を売る仕事の人はお客さんの意見を聞くのは大事。でもアーティストが客の意見を聞いてやりたくないことをしたら絶対にダメだと思う。

7月31日（日）

そういえば…、昨日、スイカのひとつが割れていて、それを切り取ったはずなのに、あれ、どうしたっけ。思い出せない。

そう思いながら畑に行ったら、畝のあいだにポトンとおっこってた。あら、と思って近づくと、もうアリがたくさんたかってた。なので二つに割って畝の上に置く。


仕事をしていたらセッセとしげちゃんがやってきた。日曜日だからね。

しばらく話をして、セッセはいつものようにバナナを買いに。そのあいだしげちゃんはハンモック椅子へ。戸に紐《ひも》をとりつけて自分でひっぱって動かせるようにしてあげたらおもしろかったようでかなり長くぶらぶらゆれていた。でもついに退屈になったみたいで「帰る」と言い始めたところにセッセが戻ってきた。そしてふたりで堤防まで散歩に出かけた。膝《ひざ》もかなりよくなったみたいでよかった。

私は仕事をしたり、ふらふらとバリ取りに行ったり。

そういえばカーカ。この春に転職する前に働いていた会社が倒産したって前の同僚から連絡がきたそう。「運がよかったですよ」と。勘が働いたのだろうか。カーカもびっくりしていた。

原稿チェックが終わった。

タイトル、どうしよう。春に護摩供を見てから気持ちがスーッと内向きに変わって、これからはより内側を見つめてマイペースに生きて行こうと思ってる。なので、「マイ・ペース」にしよう。写真は、何にしようかな。

あとがき

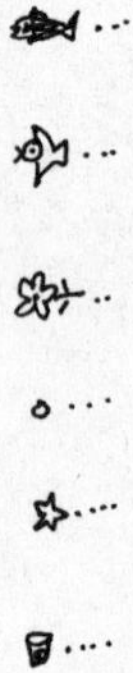

集中していた仕事が終わり、今は気が抜けています。
次にまた何か、やる気がわき起こるという予感もありません。
しばらくはのんびりすごしてみます。いくつか気の沈むこともあったので、この秋は心のリフレッシュというか…
いやしの時間にします。それではまたすぐにお会いしましょう。

銀色夏生
2022年
9月末

今の心
むっっ…

マイ・ペース

つれづれノート㊷

銀《ぎん》色《いろ》夏《なつ》生《を》

令和4年 10月25日　初版発行

発行者●堀内大示

発行●株式会社KADOKAWA
〒102-8177　東京都千代田区富士見2-13-3
電話　0570-002-301（ナビダイヤル）

角川文庫 23374

印刷所●株式会社暁印刷
製本所●本間製本株式会社

表紙画●和田三造

●お問い合わせ
https://www.kadokawa.co.jp/（「お問い合わせ」へお進みください）
※内容によっては、お答えできない場合があります。
※サポートは日本国内のみとさせていただきます。
※Japanese text only

ISBN 978-4-04-113012-4　C0195

◇◇◇

角川文庫発刊に際して

角川源義

第二次世界大戦の敗北は、軍事力の敗北であった以上に、私たちの若い文化力の敗退であった。私たちの文化が戦争に対して如何に無力であり、単なるあだ花に過ぎなかったかを、私たちは身を以て体験し痛感した。西洋近代文化の摂取にとって、明治以後八十年の歳月は決して短かすぎたとは言えない。にもかかわらず、近代文化の伝統を確立し、自由な批判と柔軟な良識に富む文化層として自らを形成することに私たちは失敗して来た。そしてこれは、各層への文化の普及滲透を任務とする出版人の責任でもあった。

一九四五年以来、私たちは再び振出しに戻り、第一歩から踏み出すことを余儀なくされた。これは大きな不幸ではあるが、反面、これまでの混沌・未熟・歪曲の中にあった我が国の文化に秩序と確たる基礎を齎らすためには絶好の機会でもある。角川書店は、このような祖国の文化的危機にあたり、微力をも顧みず再建の礎石たるべき抱負と決意とをもって出発したが、ここに創立以来の念願を果すべく角川文庫を発刊する。これまで刊行されたあらゆる全集叢書文庫類の長所と短所とを検討し、古今東西の不朽の典籍を、良心的編集のもとに、廉価に、そして書架にふさわしい美本として、多くのひとびとに提供しようとする。しかし私たちは徒らに百科全書的な知識のジレッタントを作ることを目的とせず、あくまで祖国の文化に秩序と再建への道を示し、この文庫を角川書店の栄ある事業として、今後永久に継続発展せしめ、学芸と教養との殿堂として大成せんことを期したい。多くの読書子の愛情ある忠言と支持とによって、この希望と抱負とを完遂せしめられんことを願う。

一九四九年五月三日